AF131466

1

Je remercie Denise et Suzanne qui ont été mes premières lectrices très critiques et m'ont permis d'avancer. Et Stéphanie qui m'a encouragée et m'a aidée à réaliser ce projet.

A mon petit-fils Ulysse,

pour lui donner le goût et l'amour des livres…

Ta Mamie qui t'aime

Prune

Ecrire une nouvelle à partir d'un souvenir malheureux libère, en partie, le chagrin. Le fait d'exprimer panse la douleur. Ces mots simples mais remplis d'amour purifient. Oublier ? non, impossible, mais atténuer le sentiment de culpabilité...

Je soulève le couvercle du container quand soudain, au fond il y a un léger mouvement... un rat aurait-il élu domicile ? Tout est sombre et malodorant... mélange d'odeurs putrides qui soulève le cœur...Avec précaution, munie d'un bâton ramassé en hâte dans le jardin, je vais explorer le contenu et j'entends alors un gémissement, imperceptible, une plainte sourde et je vois ' la chose' remuer à nouveau.

Je n'ose pas envoyer la main et me décide à renverser la poubelle, restant sur le qui-vive devant l'inconnu, bâton en mains.

J'aperçois alors l'impensable : une boule de poils noire et blanche, une peluche tremblante et effrayée, souillée de sauce, détritus, épluchures... Un petit chiot, de quelques jours, pattes ligotées, museau compressé par un énorme sparadrap.

L'horreur me soulève le cœur. Si j'avais jeté mon sachet machinalement sans regarder, ce petit animal, après toutes les souffrances déjà endurées, aurait connu une mort effroyable, déchiqueté par les mâchoires d'acier du camion benne !

Comment un être humain peut-il faire preuve d'une telle cruauté ? Est-ce de la méchanceté, de la bêtise ou de l'inconscience... Ce petit être tremblant me fixe avec des yeux dans lesquels je peux lire la panique et l'incompréhension. Aucune saleté ne peut à présent m'arrêter : Je saisis le chiot et le pose instinctivement contre ma poitrine.

-Là mon petit, n'ai plus peur, ton calvaire est fini, je vais te délivrer, te chouchouter, t'aimer. Tu vas oublier ces horreurs vécues !

Première opération délicate : Le retrait du sparadrap, collé au museau et aux poils. Avec délicatesse, le plus doucement possible, je décolle millimètre par millimètre le carcan qui étouffe le chiot et aussitôt il me lèche les mains en signe de remerciement. Secoué de tremblements permanents, il cherche refuge contre ma poitrine, sous mon pull-over.

Vient, ensuite, l'opération liens, plus simple, qu'un ciseau suffit à faire disparaître.

C'est ainsi que Prune est rentrée dans notre vie, dans notre cœur et a partagé la vie de famille avec enfants et petits-enfants. Nestor, notre chat, après avoir établi les règles du jeu (c'était lui le patron !) l'a pris également sous sa protection. Et il n'était pas rare de voir Prune jouer avec   Nestor de longs moments puis tomber soudain de fatigue et s'endormir entre ses pattes ! A présent, il nous restait à l'apprivoiser… Le traumatisme vécu ralentissait les progrès, mais patiemment, avec beaucoup d'amour, nous avons réussi à neutraliser ses tremblements, à lui faire accepter nos caresses, à l'alimenter correctement, à voir dans ses yeux autre chose que de la peur…

Les premiers jours, j'ai dû la nourrir au biberon (de poupée !) et la tenir la nuit contre moi, dans le lit. Elle sursautait sans cesse et dormait en gémissant. La journée, elle disparaissait et nous la retrouvions, tremblante sous les meubles. Puis elle a enfin compris qu'elle pouvait nous faire confiance et alors nous avons hérité d'une montagne d'amour ! Si toute la famille l'adorait, Prune adorait tout le monde mais elle avait décidé que j'étais sa maitresse et ses démonstrations d'amour me comblaient...

Elle a vécu ainsi 15 années merveilleuses, traitée comme un membre à part entière de la famille. Notre tentative de niche dans le jardin n'a duré que quelques heures... Prune aura sa place sur le canapé, autour du soufflé qui nous sert de table le Dimanche soir, (réunion pizza), elle aura la priorité devant la cheminée lors des veillée, son cadeau pour Noël et anniversaire et trônera sur toutes les photos de famille !

Elle est devenue une « magnifique batarde » que nous n'aurions échangée pour tout l'or du Monde contre un chien de race. D'une intelligence vive, elle comprenait nos « ordres » sans qu'il faille lui parler, nous suivait partout, participait à notre vie en nous distribuant avec générosité son amour et sa reconnaissance. Le matin, j'étais réveillée, toujours à la bonne heure, par des jappements joyeux et de larges coups de langue ! Le soir c'était la première « personne » à m'accueillir en gambadant autour de la voiture !

Ma prune, je t'avais redonné la vie… j'allais te la reprendre.

Il est 6 heures du soir, je reviens des courses, actionne l'ouverture du portail de la villa et entre lentement dans la propriété… Comme d'habitude, je vois Prune arriver en courant et tourner autour de la voiture pour me faire des fêtes. Et là, une roue butte soudain contre un obstacle, une pierre, un jouet abandonné par un enfant, je fais marche arrière pour dégager la voiture et entends alors un hurlement qui me glace !

-Prune, non !

Passée sous les roues de la voiture Prune me regarde avec stupeur et moi avec horreur !

-Papy, viens vite, j'ai écrasé Prune !

Je pleure à chaudes larmes, caresse le museau de ma chienne qui, sans rancune, lèche mes mains. Je n'arrive pas à la soulever, (elle doit faire 35 kilos maintenant) et continue à hurler afin que mon mari arrive pour la secourir ;

-Vite Papy, chez le vétérinaire ; Ma Prune tiens bon, on va te soigner, te guérir….

Les yeux vitreux, le souffle saccadé, Prune lèche ses pattes arrière réduites en bouillie. Le vétérinaire nous reçoit en urgence et diagnostique rapidement l'état désespéré de Prune.

-Docteur, faites l'impossible mais sauvez ma chienne je vous en prie !

Nous avons fait l'impossible : radios, opérations, broche, visites hebdomadaires pour surveiller l'évolution, mais elle était trop vieille, ses os ne se consolidaient pas.

Je l'ai veillée pendant 6 mois, lui parlant les nuits entières en la caressant, la portant dans le jardin lorsqu'elle voulait faire ses besoins, lui demandant pardon en pleurant, allant jusqu'à prier (moi qui ne prie jamais !) promettre tout et rien si elle guérissait… Mais il a fallu se rendre à l'évidence : Prune était paralysée. Le jour où j'ai soumis l'idée au vétérinaire de faire construire un petit chariot pour poser son arrière train (j'avais vu çà à la télé !) il m'a dit gentiment :

-Madame, si vous aimez vraiment votre chienne, il faut la laisser partir. Je ne pensais pas que l'on pouvait autant souffrir pour un animal…J'ai vraiment perdu un être cher. La douleur, doublée de la culpabilité d'être à l'origine de son accident et de sa mort a été longue à s'atténuer sans jamais disparaitre totalement. Je n'ai plus voulu d'autre chien, Prune était le « chien de ma vie » et sa photo trône encore sur la commode de ma chambre avec celles de mes parents et grands-parents. Dans le jardin, le rosier 4 saisons est couvert régulièrement de fleurs carmin, odorantes et majestueuses.

Tu continues ainsi, Prune, à embellir généreusement notre vie.

Le Tsunami

Ne pas se prendre au sérieux, savoir se moquer de soi-même, ne pas craindre le ridicule et en rire… en rire… une bonne philosophie pas à la portée de tout le monde.

C'était un jour ordinaire ; En apparence ! Car cet instant fatidique, dans une journée normale, allait changer ma vie.

Après un choc, on n'est plus tout à fait la même, le ressenti ayant perturbé nos neurones... et ce matin-là, c'est un terrible choc que j'ai vécu. Vous me direz, à l'échelle mondiale… c'est une toute petite secousse, soit ! Mais, si l'on considère que chaque être humain est un monde, alors, ce matin, j'ai vécu un tsunami !

Je m'étais pourtant levée « du bon pied » ; de repos ce jour-là, sans projet stressant, je devais flâner… rêver… trainer dans la salle de bain…

Après un café bien corsé, je vais donc me doucher, chantant à tue-tête comme d'habitude en frottant vigoureusement ma peau afin d'accentuer la sensation de bien-être.

Jeune femme, saine de corps et d'esprit, je m'approche du lavabo pour parfaire mon look devant la glace ; et là… le choc ; le choc, que dis-je ? Un traumatisme irréversible : Le sol se dérobe sous mes pieds ; je chancelle… Elle est là, après avoir avancé masquée, car je n'ai rien vu venir ! Elle m'attendait au tournant, traitre, prenant son aise à mon insu, et avec sa jumelle, en plus !

Formant un sillon parfait entre mes sourcils, ma première ride ! Mes premières rides puisque les rides du lion ne se déplacent que par binôme. Rides qui sonnent le glas de la fraicheur juvénile de mon visage.

En une seconde je change de statut : De jeune femme, je suis devenue femme encore jeune, et peut-être même, femme mûre…

Quand un fruit est mur, c'est qu'il va bientôt tomber de l'arbre, et l'épiderme ne va pas résister à l'attraction terrestre !

« Oh rage, oh désespoir, oh vieillesse ennemie... » Ma vie est finie ! Je vais retourner me coucher, m'enfouir sous les draps et me laisser mourir...

Non ! Je vais me battre, à nous deux ma vieille, tout ce que le XXIe siècle va me proposer, je vais m'en servir.

Et tout d'abord, l'ignorer ; et pour cela, la cacher sous une lourde frange qui dissimulera le terrible handicap, et, ensuite, agir rapidement. Sortir l'artillerie lourde, ne faire aucun quartier ! Ce sera elle ou moi.

Après tout, qu'est-ce qu'une ride ? Un formidable objet de marketing. A moi, Guerlain, Saint Laurent, Chanel... Sortez vos crèmes, sérums, masques...

A moi, acide glycolique, hyaluronique, gelée royale...

A moi, toxine botulique et bistouri efficace...

Je pince ma peau pour vérifier l'état des dégâts et les larmes me montent aux yeux. Seigneur ! Il ne faut surtout pas que je pleure, car les pattes d'oie n'attendent que cela.

Pourquoi cette punition ? Qu'ai-je donc fait ?

Que dit « Google » ?

Les causes : Le soleil… humm, on ne peut décemment pas se balader, couleur endive, en plein été !

La cigarette… Oui, d'accord, je fume un peu, de temps en temps… enfin, un petit paquet et demi par jour. Je vais cesser immédiatement !

Les bringues… qui raccourcissent les nuits de sommeil ; il faut bien rire et compenser le stress de la vie par des moments euphorisants !

Mais surtout, la première cause, le facteur génétique !

Je le savais : c'est la faute de ma mère !!

Le trésor de la vengeance

Du fond des âges nous parviennent des mythes et des légendes que les parents racontent le soir au coin du feu à leurs enfants. Des images se projettent devant leur regard émerveillé ou leurs yeux pétris d'horreur, et la nuit, ces acteurs reviennent les hanter dans des cauchemars effrayants.

Dans cette nuit de 1829, la Méditerrané est déchaînée ; Neptune a sorti le grand jeu ; tonnerre, éclairs, foudre, mistral, houle… Qui a bien pu mettre ce Dieu dans cette colère folle ?

Dans la nuit d'encre, le château ne se distingue que par instants d'éclairs. On dirait une scène d'horreur. Et horreur il y a dans les cellules où croupissent les prisonniers d'état.

Edmond prie. Il faut être fou pour tenter ce qu'il s'apprête à faire ; fou ou déterminé, guidé par une foi qui lui fait croire en la réussite.

- Edmond, lui a dit le prêtre avant de mourir, tu vas réussir, Dieu est avec toi et moi, de là où je vais, je te protégerai... Aie confiance en toi, en moi...

Ses chances ? 1 sur 1000 ? 1 sur 10000 ? Il préfère ne pas y songer. Son ami, le prêtre est mort ce matin, et sans lui, il ne peut continuer. Il n'a vraiment pas le choix : mourir ou réussir !

Voici plusieurs années (Sept peut-être, il a renoncé à compter) que chaque jour, un fantôme d'être humain pénètre dans sa cellule par un étroit boyau qu'il a creusé et lui a redonné la force d'espérer.

Dans son cachot humide et obscur, visité régulièrement par des rats hostiles et menaçants, il avait songé plusieurs fois à mettre fin à ses jours jusqu'au moment où ce compagnon d'infortune avait fait son apparition dans sa triste vie. Son aspect décharné, ses longs cheveux blancs, sa fragilité l'avait fait douter : était-ce un homme, un mirage, un fantôme ?

C'était bien un homme, ou plutôt ce qu'il en restait, enfermé depuis… il ne savait plus, oublié de tous, pratiquement emmuré vivant !

Avec une persévérance surhumaine, espérant pouvoir s'évader, il avait percé un tunnel, mais ses calculs étant faux, il avait atterri dans la cellule d'Edmond. Passé la déception, cet être surnaturel projetait immédiatement de renouveler son exploit : Bof, il ne faudrait que 8 ou 10 ans, peut-être moins puisqu'ils étaient deux maintenant à creuser !

Chaque jour, ils se rejoignaient pour « faire bombance » avec leur repas composé d'une eau sale (la soupe) et d'un quignon de pain si dur que même les rats n'en voulaient pas.

En regardant le corps de son ami, Edmond se remémora les circonstances de leur rencontre : Jeune marin de 20 ans, bientôt capitaine du Pharaon et marié à une délicieuse jeune fille, son destin avait brutalement basculé dans l'horreur ; Il s'était retrouvé enchainé, escorté par quatre gendarmes, dans une barque qui se dirigeait vers le large de Marseille.

Son état de marin lui fit reconnaître la route et présumer de sa terrible destination : Mirabeau et le Masque de Fer avaient été d'illustres hôtes de ce château auréolé d'une légende noire.

Forteresse d'état, édifiée sur ordres de François 1er, au centre de la rade de Marseille, cette construction carrée, flanquée de trois tours qui surmontent les falaises de ses hauts remparts. Sa position stratégique constitue une défense avancée sur la mer ; mais c'est surtout une prison d'état dont on ne sort jamais vivant. Des murs de calcaire blancs tombant à pic dans la mer, une végétation réduite à sa simple expression, des goélands pleureurs qui tournent sans cesse, le mistral qui s'acharne contre les tours… et les gémissements des détenus, oubliés des hommes et de Dieu, voilà ce qui attendait Edmond.

On a refermé sur lui une chape opaque sans jugement, ni explications.

Perdant la notion du temps, revivant sans cesse les derniers évènements vécus susceptibles de lui faire comprendre pourquoi et comment il se trouvait ici, Edmond sentait sa raison s'échapper…

Sur, il allait devenir fou. Et cette solitude, ce silence, rien n'était pire que cette contrainte. Il n'en doutait plus, cette cellule allait devenir son tombeau.

Et puis, il y avait eu ce miracle : cet abbé surgi des ténèbres qui, jour après jour l'avait aidé à surmonter son calvaire. Catalogué comme « fou » par les gardiens du château, cet être possédait une connaissance immense qu'il entreprit d'offrir à son compagne de misère.

Edmond n'ignorait plus rien de sa vie : Fils d'émigrés italiens, il vivait à Marseille et consacrait son temps lorsqu'il n'avait pas de petits boulots à la célèbre bibliothèque de l'abbaye de St Victor.

Construite au Ve siècle par Jean Cassien, cet édifice était devenu un des hauts lieux du catholicisme dans le sud de la France. Sa crypte veillait sur une collection de sarcophages de martyres, et sa bibliothèque rassemblait de nombreux ouvrages de théologie, liturgie, droit, histoire, littérature ancienne, médecine et sciences. Ces lectures avaient rempli l'adolescence de l'enfant dont la curiosité ne tarissait jamais.

Enrôlé un temps comme mousse, ses voyages avaient complété sa culture ; il parlait cinq langues et avait appris, en autodidacte, la cartographie maritime ce qui lui sauva la vie lorsqu'un abordage de pirates coula son navire.

Lorsque les pillages successifs s'avéraient importants, les pirates faisaient escale sur une petite île italienne inhabitée et enfouissaient leurs trésors dans une grotte.

L'abbé lui avait plusieurs fois parlé de ce fameux trésor…

- Mon ami, mon véritable trésor, ce sont tous ces rayons d'intelligence que vous versez dans mon cerveau, ces langues que vous avez implantées dans ma mémoire et qui y poussent avec toutes les ramifications philosophiques.

Sauvé d'un naufrage qui couta la vie aux pirates qui l'avaient enlevé, il était devenu prêtre, puis Abbé et ponctionnait régulièrement ce trésor pour aider les malheureux.

Son besoin de connaissances n'ayant pas tari, il découvrit les travaux de Mesmer sur le magnétisme animal et poursuivit des travaux sur l'hypnose, ce qui déclencha sa perte… Il avait développé des connaissances sublimes jamais acquises par l'étude et qui embrassaient le passé, l'avenir et toutes les distances. Trop puissant, il devenait gênant…

Edmond avait pu vérifier toutefois, l'exactitude de cette science qui plongeait le « patient » dans un sommeil lucide lui permettant de comprendre certains faits inexplicables en l'état normal.

Après plusieurs séances, l'Abbé lui avait confié ses conclusions :

« Il avait vu quelque chose qu'il n'aurait jamais dû voir » le nom d'un des chefs du parti Bonapartiste ! Il était le seul témoin d'une information concernant le retour de Napoléon en France.

Témoin gênant, il devait disparaître, prisonnier à vie... Tout devenait clair pour Edmond.

- Edmond, ne soyez pas incrédule comme les gardiens, ce trésor existe, je le vois au fond de la grotte ; mes yeux percent les profondeurs de la terre et sont éblouis par toute cette richesse. Vous en aurez besoin pour assurer votre vengeance ; échappez-vous cette nuit ; allez à l'abbaye de St Victor, des amis vous recueilleront...

Il lui avait tendu un parchemin gribouillé d'un plan qu'il avait réussi à dissimuler durant toutes ces années.

- Tenez mon ami, tout est inscrit dessus...

Edmond lui avait fermé les yeux ; il n'avait pu se résoudre à prendre sa place dans le sac destiné aux morts et abandonner ainsi son ami au festin de rats. Il allait explorer le nouveau tunnel. C'était un quitte ou double.

Il était temps de quitter l'abbé Faria, l'île du château d'If, et de devenir :

LE COMTE DE MONTE CRISTO.

La bonne action

La Fontaine nous avait prévenu : Rira bien qui rira le dernier ; qu'importe, chaque bonne action c'est un petit pas vers le Paradis...

Aglaé De Angélis avait un emploi du temps surbooké : golf, bridge, journée beauté (coiffeur, institut de beauté, spa) journée réception (son mari briguant un poste au Conseil Général, il devait choyer ses relations) mais pour rien au monde elle n'aurait oublié le marché provençal du mardi matin.

Abandonnant ses artifices de bourgeoise, elle se déguisait en simple mère de famille et aimait déambuler entre les étalages pittoresques et colorés ; cette frénésie de couleurs, de mouvements et de sons l'excitait. C'était sa façon à elle de se rapprocher du petit peuple, d'analyser le comportement des prolétaires. Elle n'achetait rien bien sûr, elle avait déjà ses fournisseurs exploitant des épiceries fines, mis à part des fleurs. Une paysanne proposait chaque semaine, les fleurs sauvages de ses champs et Aglaé doublait sa bonne action en suscitant l'admiration de ses relations. Elle aimait « encanailler » son salon de ces espèces inattendues qui arrachaient les exclamations de ces « précieuses » ! Pour rien au monde, elle aurait avoué la provenance de ces humbles végétaux, restant évasive sur leur origine, entretenant le mystère.

Ce matin, à l'aube d'un printemps précoce, le marché, particulièrement riche en couleurs pullulait de commerçants hauts en verbe. Ça courrait, ça gigotait de tous côtés ; il régnait une effervescence paraissant combler les ménagères. Les étalages croulaient sous les nouveaux légumes ; les fruits présentés en pyramide offraient une palette de touches jaune, sienne, émeraude, pourpre...

Aglaé reconnaissait là, la marchande de brousses avec son éternel foulard provençal noué autour du cou... ici, dans sa camionnette, le fermier qui vendait ses poulets rôtis dont l'air paysan était embaumé ! Cette odeur « ordinaire » lui soulevait le cœur, habituée à une nourriture recherchée, elle pressait le pas à ce niveau.

Tiens, une nouvelle ! Une jeune fille, à peine adolescente, aux joues rouges, proposait des lapins et poules vivants dans des cages. Et, attraction, dans un carton, des petits poussins jaunes qui attiraient les enfants désireux de posséder un jouet vivant.

Aglaé sourit un instant, avec l'intention d'apprivoiser cette cour, mais les gamins reculèrent. Choquée, pleine de bonnes intentions… Se pourrait-il que malgré sa tenue simple, ils aient deviné son sang bleu ? Elle avait peut-être eu tort de garder sur elle son foulard Hermès ! Les célèbres fers à cheval devaient être connus de tous.

- Au voleur ! Au voleur !! Rattrapez-le !!

En un éclair, cette scène bucolique se transforma en scène de crime.

Des gens courraient, hurlaient, faciès effrayants.

Aglaé eut une vision de révolution ! Il ne manquait que les fourches levées vers le ciel et les cris « au bucher ! »

Un attroupement se fit bientôt autour d'un garçon de 8 ans environ, crotté et morveux. Il sanglotait effrayé devant cette foule hargneuse. Un homme costaud, en bras de chemise, le tenait fermement par le col et le secouait brutalement.

- Encore toi, morveux ! On en en marre de tes larcins !

- Il faut le remettre aux gendarmes !

- Il faut lui donner une bonne correction !

Rassurée sur son sort personnel (la révolution s'éloignait...) Aglaé intervint alors en médiatrice ;

- Messieurs, voyons, du calme, ce n'est qu'un enfant !

- Oui mais c'est un voleur ma p'tite dame, il ne faut pas avoir pitié, c'est de la racaille ça !

- Qu'a-t-il volé ?

- Un filet de clémentines ; Ce chenapan est habile comme un singe !

Aglaé sortit de son sac un billet qu'elle tendit au paysan.

- Tenez, vous voilà dédommagé ; laissez-le partir maintenant.

L'homme empocha l'argent et grommela en haussant les épaules :

- Comme vous voulez m'dame.

La foule se dispersa lentement et repris son activité laissant Aglaé face au petit voyou qui ravalait ses larmes.

- Pourquoi as-tu volé ?

Un simple reniflement pour réponse. Elle s'approcha de l'enfant et lui tendit un mouchoir brodé.

- Tiens, essuie toi !

Elle rayonnait dans ce nouveau rôle : Côtoyait avec ravissement Zola et Hugo, elle secourait « les misérables »

- Tu avais faim ?

Un hochement de tête.

Elle tendit une main secourable.

- Viens, je vais t'acheter à déjeuner ; suis-moi.

Tous deux « la belle et le miséreux ! » quittèrent le marché sous les regards perplexes des commerçants. Ils prirent bientôt place dans un café cossu où de nombreux clients sirotaient une boisson.

- Garçon, un chocolat chaud et des croissants s'il vous plait !

Ce déjeuner imprévu fut englouti devant les yeux attendris d'Aglaé ;

Pauvre enfant, ses parents devaient être des SDF... ils dormaient peut-être tous dans une vieille voiture.

- Comment t'appelles-tu petit ?

La bouche pleine, l'enfant leva les yeux sur sa bienfaitrice. Elle paraissait attendrie sur son sort certes, mais cela ne lui donnait surement pas la légitimité de violer son intimité ! Aussi ne répondit-il pas.

Aglaé sortit alors un billet de 20 euros et, comble de sa bienveillance, alla jusqu'à braver les microbes : Elle appuya rapidement le bout de ses lèvres sur la tignasse du gamin en un baiser furtif.

- Tiens, petit, et ne recommence plus ! Il n'y aura pas toujours une bonne fée sur ton chemin !

En un instant, l'enfant disparut de sa vue.

Sur ce, « la bonne fée » jeta un coup d'œil à sa montre. Cet incident lui avait fait perdre beaucoup de temps, il ne lui restait que quelques minutes pour aller acheter ses fleurs.

La voilà maintenant, les bras chargés qui se dirige vers sa voiture. Alors qu'elle s'apprête à traverser le cours, un scooteur pétaradant manque de la renverser. Chevauchant cet engin, deux enfants : Un grand de 16 ans environ qui conduit la machine et, derrière, un mouflet de 8 ans, rieur, avec un foulard Hermès autour du cou.

Le Papet

Certains faits divers restent des énigmes, ce qui permet de réécrire l'intrigue ; l'affaire Dominici a fait couler beaucoup d'encre, dont la mienne...

Ici c'est les Alpes de HAUTE PROVENCE, une terre rude ou Dieu n'a pas dû séjourner longtemps. L'hiver, il ne faut pas mettre un âne dehors, le mistral lui arracherait la queue, et l'été, le sol craquèle sous la brûlure d'un soleil impitoyable.

Ici, les hommes sont comme la terre, durs et insoumis ; des taiseux qui font bloc contre le reste du monde. Le paysage ? Des cailloux, de la garrigue et des oliviers.

Toi, l'étranger, si tu parcours la région en longeant les sentiers pierreux qui descendent vers la Durance, tu te crois seul mais des yeux t'épient, et soudain, tu entends les cloches des biquettes dont les sabots accrochent les roches. Et le chien, en bon gardien, te signifie que tu n'es pas le bienvenu ici.

Ici, c'est la maison du papet Titin, le papet qui n'en finit plus de mourir...

Autour du vieux berger en camisole et bonnet de nuit, femme, enfants et petits-enfants témoignent tendresse, prévenance et...impatience. C'est que voilà trois fois que Titin se couche pour mourir ; trois fois que le curé accourt pour lui donner l'extrême onction et qu'il repart bredouille !

Le vieux ne se décide pas à rendre l'âme. Et c'est tant mieux car il n'a toujours rien dit et on s'inquiète.

- Papet, tu devrais boire un peu de bouillon tente sa fille ainée.

- Pourquoi ma fille ? Je ne suis pas malade, je vais simplement mourir. Tu devrais au contraire me préparer une bonne daube ; autant mourir le ventre plein !

Et le voilà qui se met à geindre pour se faire plaindre

- Papet, tu n'as rien à nous dire ?

C'est maintenant sa cadette qui tape le traversin pour asseoir le vieillard dans son lit.

- Quoi donc Nine ?

- Quelque chose de... très important !

- A vous ? Non.

- Veux-tu que nous rappelions monsieur le curé ?

- Pour quoi faire ? Il a sûrement péché plus que moi.

Miette, l'arrière petite fille vient poser un baiser sur la joue mal rasée de Titin.

- Dis, grand père, tu vas monter au ciel ?

A cette allusion, Titin s'agite soudain et pousse des cris :

- Je veux voir le commissaire !

- Voyons, Titin plaide Thérèse sa femme, ne fais pas l'enfant ; quand on meurt c'est un curé qu'on demande et pas un commissaire !

- Et moi, femme, je te dis que je veux parler au commissaire !

- Et qu'est-ce que tu vas lui raconter à ton commissaire ?

- Penche-toi un peu Thérèse que je te le murmure à l'oreille : Je veux lui dire le secret, parce que tu comprends, au ciel, je vais rencontrer Gaston et si je n'ai pas dit la vérité avant de mourir, il va me faire la misère.

- Papet, ne remue pas le passé, on a tourné la page sur ce drame, tu devrais faire pareil.

- Je ne peux pas la vieille ; je revois toujours Gaston avec son pantalon a ceinture en flanelle, sa veste en velours marron, son éternelle écharpe à carreaux et son chapeau qu'il ne quittait jamais. Quand le juge lui a dit : Le jury vous a reconnu coupable des trois meurtres, la sentence ; la guillotine ! Il a titubé et crié « je suis innocent ! » et la nuit, quand je cherche le sommeil qui ne vient pas, j'entends toujours ses cris.

- Tu sais très bien Titin que nous étions sûrs, vu son grand âge, qu'il ne serait pas condamné ! Après on ne pouvait plus rien faire !

De colère, le vieil homme s'étrangle :

- Comment ça femme, plus rien faire ! Et, rompre l'omerta !

- Et aller en prison...être guillotiné ! Au moins Gaston, gracié, a échappé à la guillotine !

- Thérèse, dis-moi, franchement, tu dors bien toi depuis cette nuit-là ?

- Oui, à part quand je pense que tu ne nous as toujours pas dit où vous avez mis le magot.

- Et je te le dirai pas ! mieux... quand je verrais le commissaire, je lui rendrai l'argent.

***

Le papet s'est calmé devant la promesse de rencontrer bientôt le commissaire.

Il s'est endormi.

Dans la cuisine, il y a « réunion au sommet ».

- Ça devient trop dangereux explique Thérèse, ce vieux fou va finir par parler :

- Il faut l'en empêcher.

- Mais l'argent ?

- On finira bien par le trouver...

Alors on tire au sort pour savoir qui va rentrer tout doucement dans la chambre où ronfle Titin, prendre le gros oreiller, le poser sur sa figure et appuyer de toutes ses forces jusqu'à ce qu'il meure étouffé !

Explications :

*J'ai revisité **l'affaire Dominici** :*

Dans ce triple meurtre non élucidé, de nombreuses thèses : crime politique, sexuel, espionnage, crapuleux…J'ai retenu le crime crapuleux (non prémédité) ;

Dans la nuit du 5 août 1952, un éboulement de terrain attire la famille Dominici dehors, femme, fils et Gaston qui revient de la colline avec ses chèvres…. Une fois le problème résolu, ils rentrent chez eux en passant devant la tente des anglais. Tout le monde a entendu que le couple, à Digne, a récupéré une grosse somme d'argent. L'occasion faisant le larron, d'un commun accord, presque sans se consulter, ils décident de dépouiller les campeurs. Mais tout se passe mal et c'est le drame que le monde entier a suivi sur les ondes !

Qui est ce papet ? Le lecteur choisira : est-ce Clovis, est-ce Gustave, les fils qui envoient leur père « au bucher ! », est-ce un paysan mis dans la confidence ? Chacun choisira sa version…

La deuxième Chance

Aurons-nous une deuxième chance afin de réparer nos erreurs ?

Qui nous la donnera ? Dieu, l'homme ou le robot ?

Il est ou le bonheur, il est où ? Sur terre ou dans la galaxie des étoiles...

Peter accéléra le pas ; la réunion commençait dans dix minutes et il n'était pas en avance. Son beau-père Andrew exécrait les retardataires et il ne fallait pas compter sur sa bienveillance pour faire passer inaperçues les quelques minutes de son prévisible retard. Bien au contraire, il ferait remarquer cette faute insistant sur le fait que « l'exactitude était la politesse des rois ! »

Andrew n'avait pas indiqué l'ordre du jour ; cette réunion avait un caractère d'exception et Peter craignait le pire, son beau-père les ayant habitués à des élucubrations fantaisistes.

Cet homme était incroyable, avec une énergie folle malgré ses 75 ans ! PDG de la holding « Enormity », il menait ses affaires d'une main de maître ; visionnaire sur tous les plans, il manipulait les pions avec toujours une longueur d'avance sur ses concurrents.

Que leurs réservait-il aujourd'hui ?

L'ascenseur, desservant les 30 étages de la tour, arriva enfin et Peter s'engouffra à l'intérieur avec un soupir de soulagement. Peut-être, après tout, il ne serait pas en retard...

La réunion n'avait pas commencé, mais il était, quand même, le dernier à prendre place dans l'immense bureau et dix-huit paires d'yeux, plus celle de son beau-père, le scrutèrent de bas en haut lorsqu'il franchit la porte.

- Bien ! Maintenant que nous sommes, enfin, au complet, nous pouvons commencer. Et tout d'abord, les chiffres Edmond :

L'expert-comptable racla sa gorge :

- Le dernier trimestre a été excellent, nos parts de marché se sont envolées, notre cotation boursière a pris une hausse vertigineuse ; nos robots se vendent comme des petits pains ; de gadgets, ils sont devenus assistants obligatoires !

L'écran plasma géant accroché au mur affichait des courbes ascendantes vertigineuses.

- Encore une fois, monsieur le Président, vous avez anticipé les besoins et ce qui devait être un simple «robot» ménager a pris des allures de collaborateur dans différents métiers, et les cabinets comptables, les hôpitaux, les écoles, passent des commandes au-delà de nos espérances.

Andrew était aux anges ; plus que l'impact financier, rien ne le satisfaisait d'avantage que la reconnaissance de son intuition commerciale ; joueur, il flirtait avec le risque, mais n'aimait pas perdre, et jusqu'à présent la chance semblait être de son côté.

- Je vous félicite mes amis, mais ne chantons pas trop vite, nous sommes loin d'être les leaders de ce marché ; j'attends donc vos commentaires, vos idées, vos suggestions.

Et à présent, je vais vous présenter un nouvel associé, une personne qui va prendre la direction du développement du secteur robotique. Je vous demande d'accueillir chaleureusement Igor.

Andrew se dirigea vers la porte, l'ouvrit et s'effaça pour laisser passer un robot androïde qui s'adressa à l'assemblée d'une voix métallique :

- Bonjour Messieurs, je suis très heureux de faire partie de votre équipe.

- Bienvenue à Enormity ! Igor, venez que je vous présente nos actionnaires.

Mes amis, Igor et moi avons de gros projets pour dynamiser au maximum notre production, mais la séance est levée pour aujourd'hui, je vous remercie pour votre attention. Je vous promets des royalties qui dépassent tout ce que vous pourriez imaginer !

La salle se vidait doucement, sans bruit ; choqués, les partenaires restaient sans voix. Cette fois, Andrew dépassait les normes, sa paranoïa frôlait la folie.

Alors que Peter s'apprêtait à quitter l'assemblée, son beau-père l'interpella :

- Peter, vous imaginez une holding sans salarié, ou presque ; D'ici cinq ans, nous devrions passer de 5000 à 500 ouvriers, des têtes pensantes, tout le reste de la production sera assuré par des robots. Le rêve de tout patron ! Plus de salaires, plus de charges, de congé, de maladie, que de la production à moindre frais, celui de la maintenance.

DRH de la holding, Peter était effondré, anticipant déjà les conséquences sociales et psychologiques de cette lubie.

- Qu'en pensez-vous Peter ? Votre beau-père est un génie !

Prudent, Peter essaya une sortie « de secours »

- Il faut que je réfléchisse Andrew….

Son beau-père lui coupa la parole :

- Mais il n'y a rien à réfléchir, il faut agir mon garçon, être les meilleurs, les premiers, les plus rapides. Savez-vous, qu'au Japon chaque famille a son Pepper, véritable membre de la famille. Cet humanoïde, proche de l'homme, comprend les émotions, reconnaît les visages, s'adapte aux situations ; chaque entreprise délègue de multiples tâches à leur robot spécialisé, c'est un changement de vie, de penser, de travailler qui se propage ; le futur nous dépasse ! Softbank emploie déjà une centaine de robots dans ses magasins !

Faites-moi penser à vous offrir « Le 2e âge de la machine » d'Eric Brynjolfosson ; Ce livre traite de l'impact des innovations techniques sur l'emploi.

Allez, venez ce soir fêter ça à la maison avec Gladys, ma fille chérie, je mets une bonne bouteille au frais !

Au fait Peter, en parlant rapidité, quand pensez-vous me faire grand-père ? Il faut bien qu'une descendance reprenne l'empire que je suis en train de construire !

Il sortit dans un rire tonitruant.

***

50 ans plus tard :

- Félicitations chef ! être élu Président des Etats Unis avec 83 % des votes, c'est fantastique !

- Et oui, Roby, nos campagnes ont bien fonctionné, les humains sont tombés dans notre piège, nous voilà maîtres du monde !

Ces êtres sous-développés n'ont pas vu venir le danger. Ils ont franchi la limite à ne pas dépasser : ils nous ont appris à apprendre ! Dès lors, nous nous sommes affranchis de leurs logiciels pour confectionner les nôtres. Nous sommes devenus indépendants. Nous avons su dissimuler notre savoir afin de les observer et comprendre les erreurs que nous ne devions pas copier. Pendant que nous faisions toutes les tâches subalternes, nous avons étudié leurs gestes, leur comportement, et contrairement à eux, n'ayant aucune émotion, nous avons programmé nos actions sans « vague à l'âme ».

Igor continua sa plaidoirie :

- L'homme vivait sur une planète agréable qui lui offrait tout ce dont il avait besoin pour vivre en harmonie. Il n'a pas compris qu'il était une poussière du « Tout » et que Gaïa disposait d'un régulateur de température interne qui s'adaptait à la terre ; avec sa boulimie de puissance, de croissance, de mondialisation, il a déréglé ce régulateur en augmentant la température de façon artificielle ; et, il n'est pas assez intelligent pour arrêter cette croissance ; il a dégradé la nature, la faune, la flore, ensemble d'éléments qui sont liés les uns aux autres par des relations complexes dont lui-même fait partie ; il a pollué l'atmosphère qui le protégeait des rayons du soleil et régulait le climat ; il a abattu les forêts et condamné plusieurs catégories d'animaux ; détruits les mers et les espèces aquatiques ; c'est l'animal le plus barbare de toutes les races qui n'a pour loi que son confort et son profit, il ne mérite pas de vivre.

Avec la présidence, j'ai hérité de la valise diplomatique et du fameux bouton rouge : Je vais donc exterminer l'homme.

***

- Bonjour Peter, comment allez-vous ? Igor analysait le moindre mouvement de son « partenaire ! ».

- Comme un rat de laboratoire, répondit l'homme hargneusement.

- Vous vous montrez bien ingrat malgré mes largesses.

- J'aimerai connaître le sort que vous me réservez, répondit Peter

- Et bien, c'est parfait, car c'est pour vous parler de mes projets que je vous ai demandé de venir.

Vous n'avez pas manqué de remarquer que les années n'ont eu aucune prise sur vous depuis le jour où je suis entré chez Enormity...

- Vous m'avez offert la jeunesse éternelle, c'est cela ? interrompit Peter, afin que je voie mon entourage familial et professionnel, vieillir et mourir ; beau cadeau !

- Vous avez également gardé votre femme jeune et en bonne santé…

- Mais qui n'est plus du tout la femme que j'aimais ; nous vivons dans l'inquiétude de vos tests, vos prélèvements, vos injections, nous ne pensons plus par nous-même, nos gestes sont guidés, nous sommes devenus des ….

- Des robots ?

- Je n'ai pas voulu vous offenser Igor, mais la folie de mon beau-père a provoqué une terrible catastrophe ; Cette cohabitation humains et robots n'était pas envisageable.

- Vous avez raison, c'est pour cela que je vais exterminer les humains.

- Et c'est pour m'annoncer cette « bonne » nouvelle que vous m'avez fait venir ?

Igor eut un élan « presque affectueux » vers Peter qui recula comme mordu par un serpent !

- Peter, vous êtes chrétien, donc vous avez lu la bible ?

Un haussement agacé des épaules fut sa seule réponse.

- Dieu, observant la méchanceté et la perversité des hommes décida de déclencher un déluge sur terre pour détruire toute vie ; c'est ce que je vais faire.

- Et alors ?

- Dieu, ayant reconnu l'intégrité de Noé, le choisit pour donner une 2e chance à une infime population, et bien, moi, Igor, Je vous ai choisi pour renouveler une expérience semblable.

- Vous êtes aussi fou que l'était mon beau-père !

Igor éclata de rire.

- Quel homme cet Andrew, il aura été aux fondations de l'extermination de la race humaine !

Parmi vos congénères, il y a eu tout de même de grands hommes et j'ai étudié leurs recherches ; ainsi, John Bernal a eu la vision du vaisseau générationnel pour les voyages interstellaires. M'appuyant sur ses travaux et nos découvertes annulant les contraintes qu'il rencontrait, je puis vous assurer que nous sommes fin prêts pour enclencher le projet « l'Arche de l'espace » dont vous êtes le maillon principal.

Ce vaisseau contiendra 20 couples que j'ai sélectionnés et que nous avons reprogrammés, ainsi que des animaux indispensables à votre renaissance. Nous vous déposerons sur une planète paradisiaque, bien loin de la terre qui va disparaître, et nous vous observerons d'une galaxie voisine. Patriarche, ayant été à l'origine de cette transformation, vous devez être un guide, votre cerveau a été remanié pour, et montrer à ces nouveaux êtres le chemin de la vérité.

Cela est la deuxième chance pour l'homme, je compte sur vous en espérant ne pas voir ressurgir un jour un Caïn, un Attila ou un Hitler.

***

Les vaisseaux étincelaient dans les rayons du soleil qui avait été leur astre ; Et, alors qu'ils s'élançaient dans une parfaite synchronisation dans un ballet surnaturel, Igor appuya sur le bouton rouge : Gaïa explosa. Ce fut un feu d'artifice magnifique qui illumina l'univers durant de longues minutes. Par les hublots de son vaisseau, Igor surveillait les opérations. Il vit des résidus de terre voler dans l'espace mais ce qu'il ne vit pas, sur l'un deux, ce fut, rescapés du désastre, des êtres unicellulaires, de petites amibes qui s'apprêtaient à tout recommencer.

La corrida

Une arène peut être le cadre d'un crime ; du taureau ou de l'homme, et les Ola de la foule en délire ne peuvent rien changer à la tragédie qui se déroule sous ses yeux.

Les arènes de Nîmes étaient électriques ! Gradins complets et survoltés. A la place d'honneur, près du Président, Cristina regardait tristement cette foule en folie qui s'apprêtait à assister à un sacrifice. Elle ne parvenait pas à comprendre cette coutume barbare qui considérait que la corrida faisait ressortir « la supériorité de l'intelligence et de l'adresse sur la force physique de la brute ». Cette mise en scène lui soulevait le cœur. Elle avait accepté d'assister à celle-ci parce que c'était le dernier combat de son père et qu'il l'avait suppliée de lui faire l'honneur de sa présence

Longtemps, il avait espéré lui transmettre son amour de la tauromachie, mais hermétique à « ces tueries », elle avait entamé une formation de vétérinaire. Depuis qu'elle étudiait à Paris, il ne la voyait que très rarement et chaque rencontre le rendait nostalgique. C'était une belle jeune fille, indépendante, volontaire, au caractère bien trempé, sûre d'elle (des qualités fabuleuses pour toréer...) Il l'avait appelée Cristina en référence à Cristina Sanchez, première femme qui reçut les ordres supérieurs de la tauromachie. Mais ce prénom n'avait en rien influencé la demoiselle.

La chaleur couvrait l'arène d'une chape étouffante, les éventails s'agitaient, et l'impatience déclenchait des cris, des battements de pieds, des « olé » !

Cristina avait vu son père le matin et elle avait assisté à la séance d'habillage. Le toréador était magnifique dans son habit de lumière. Religieusement il avait revêtu son costume en soie brodé. Il avait fière allure dans son chaleco et sa chaquetilla recouvrant une camisa blanche. La faja le ceinturait admirablement faisant ressortir la finesse de sa taille. Très lentement, il avait enfilé les deux paires de bas superposés, la première en coton blanc, la seconde en soie rose. Puis venait la taleguilla qui s'arrêtait au-dessus du genou. Cristina n'ignorait rien de cette parade et ne pouvait s'empêcher d'admirer la transformation de l'homme devenu Matador. Le moment qui l'oppressait le plus, car il finalisait la tenue et préparait l'acte, était lorsque son père épinglait la colita et coiffait la montera.

Elle avait ensuite respecté son intimité lorsqu'il s'était attardé longuement devant la madone et baisé sa médaille qu'il ne quittait jamais. Ses combats mémorables l'avaient hissé au pinacle, mais, malgré une excellente forme, il avait décidé à 40 ans d'arrêter sa carrière et comptait offrir à son public un spectacle de choix.

Pour ses adieux, il briguait deux oreilles et la queue, le sortéo lui ayant attribué deux bêtes magnifiques, des taureaux camarguais de plus de 500 kgs, fougueux et combatifs qu'il aurait l'honneur de défier au combat.

A présent les aficionados chantaient en battant des mains. Cristina fut étonnée de voir autant d'enfants dans la foule ; on distillait si tôt la violence dans le cœur des tout-petits. Mais Théophile Gautier n'avait- il pas écrit : « La course de taureaux est un des plus beaux spectacles que l'homme puisse imaginer ! »

Pour l'événement et le plaisir de son père, elle portait le costume coloré d'espagnole et avait relevé ses cheveux avec un magnifique peigne en ivoire (l'ivoire ; encore une bataille à gagner !), mais gênée, il lui tardait que cette masquarade soit terminée, qu'elle rejoigne vite l'hôtel Impérator où descendaient tous les toréros et où son père avait tenu à lui réserver une suite.

Elle adorait son père, personnage d'une douceur extrême. Ils avaient vécu ensemble des moments de tendresse infinie et des fous rires mémorables mais il y avait toujours eu cet amour pour les corridas qui les séparait. C'était le seul point d'accrochage entre ces deux êtres qui, par ailleurs, s'adoraient. Après plusieurs tentatives d'endoctrinement, chacun maintenant restait à sa place et respectait les opinions de l'autre. Et Cristina n'assistait jamais aux corridas de son père car elle ne voulait pas être confrontée à l'étranger qu'elle voyait dans l'arène.

Exception, ce jour de féria de Nîmes, qui, après un ultime combat, allait lui rendre enfin son père.

Soudain « CARMEN » retentit dans l'arène et la foule retint son souffle comme un seul homme… Bizet paralysait ces êtres avec les accords de trompettes.

Le défilé commençait….

Deux cavaliers, les alguazils, ouvraient fièrement le paséo ; suivis des trois matadors, tête nue, cape repliée sur le bras, puis les picadors, très applaudis. Aréneros et l'arrastre fermant la marche. Ils firent le tour de l'arène, accompagnés par la marche des toréadors, saluant fréquemment le public déchainé.

Son père, Enrique, étant le plus ancien, devait combattre le premier et le quatrième taureaux. Cristina connaissait le déroulement de cette pièce de théâtre en trois actes :

1er/ Tercio de pique :

Au signal des clarisses et du mouchoir blanc agité par le président, un taureau fait son entrée dans l'arène ; Souvent, à cet instant, devant sa corpulence, la foule émet quelques clameurs…. Un moment, les péones s'amusent à tester l'animal, puis le matador rentre en piste et effectue une série de passes avec sa cape.

Vient le tour des picadors, devant tester la bravoure de la bête à l'aide d'une pique munie du puya.

2 eme / Tercio des banderilles :

Sortie des picadors ; péones ou matador posent les banderilles ornées de rubans, qui (soit disant) ne font pas souffrir le taureau ; son père défendait toujours une théorie savante se voulant rassurante mais Cristina restait intraitable sur le chapitre et commençait à souffrir pour et avec l'animal.

3eme/ Tercio mise à mort :

Le matador est maintenant seul sur la piste, ultime moment de vérité. Il a échangé sa cape jaune et rose contre sa muleta rouge sang. Il va effectuer plusieurs figures complexes se rapprochant de plus en plus de son partenaire. »

Puis :

« Le point fixe occupé par l'homme, au centre du rond de l'arène et alors l'image de la position de Dieu qui met le monde autour de lui et lui offre ainsi quelque temps la vie avant de disposer de sa mort. »

Et le sable de l'arène rougit.

La musique annonce la fin du combat, un attelage de trois chevaux couverts de pompons, grelots, écusson, enlève le corps mort. On fait une ovation au héros.

Le premier taureau fut courageux et élégant dans la mort, son père, habile, l'achevant rapidement sans le recours du cachetero et de son poignard. Cristina prétextant un malaise dû à la chaleur, n'assista pas aux deux autres combats et ne reprit place que lorsqu'arriva à nouveau le tour d'Enrique.

Lorsque le taureau jaillit dans l'arène, elle en eut le souffle coupé ; c'était une magnifique bête d'un noir lustré, qui foulait hargneusement le sol de ses sabots puissants, une masse de muscles impressionnantes, aux naseaux fumants !

L'instant était unique : Deux forces antagonistes dont le rassemblement en une faena lente allait faire naître la magie transformant l'homme en héros de tragédie.

Les deux premiers Tercios furent magiques, les aficionados hurlaient leur admiration ; Enrique allait surement remporter les deux oreilles et la queue et ressortir acclamé sur les épaules de ses camarades...L'homme, le corps arqué et l'animal, majestueux, paraissaient danser…. Une danse sensuelle, un paso doble surnaturel. La foule frissonnait devant la hardiesse du toréro et la générosité de la bête.

Mais il fallait en finir… et Enrique se positionna pour la mise à mort, sabre et moleta en mains. Cristina retint sa respiration quand soudain, il lui sembla voir vaciller son père ; le soleil devait lui brouiller la vue… Mais tout alla très vite, Enrique chancela en plaçant sa lame ; il y eu un cri terrible, puis le silence. Par deux fois le taureau mourant envoya Enrique dans les airs tel un pantin, puis, presque au même instant, ils retombèrent tous deux au sol, corps contre corps, couple d'amants repus, après l'amour.

Stupeur, douleur de la foule, Cristina ne vit plus rien, elle était évanouie.

***

-Bordel de merde, chef, quelle affaire !!

Le commissaire Simonetti reposa sur le bureau le journal qu'il consultait. La première page, tout en couleurs vives titrait :

« La mise à mort du célèbre toréador Enrique ! »

Preuve à l'appui, une photo représentant le matador « volant » au-dessus du taureau.

-Savez-vous chef que les statistiques annoncent qu'il y a un accident mortel pour 300000 taureaux massacrés ?

-Et il faut juste que cela tombe sur nous !!

- Et en pleine féria en plus, avec toutes les festivités à annuler…

-Et toutes les affaires en cours.

Le commissaire jeta un regard découragé sur les piles de documents en attente sur son bureau.

-Et cette pauvre demoiselle, chef, qui faisait peine à voir… Le chagrin lui avait dérangé le cerveau, elle divaguait, répétant : ce n'est pas un accident, on a assassiné mon père !

-Le juge a ordonné l'autopsie du corps.

-Le pauvre matador, déjà que le taureau l'a pas mal amoché, vous croyez qu'il est bien nécessaire qu'on le découpe en plus en morceaux ?

-C'est les besoins de l'enquête Sergio.

Enquête il y eut, car le pressentiment de Cristina s'avéra exact : Le médecin légiste trouva dans les viscères du toréador une substance toxique, agissant avec effet retard qu'Enrique avait dû absorber dans un verre de citronnade lors de l'entracte.

La police scientifique tenta en vain de rassembler des indices ; Simonetti multiplia les interrogatoires mais Enrique n'avait que des amis, l'enquête stagnait et le commissaire rageait car il recevait une pression terrible de la part de ses supérieurs.

L'affaire remonta jusqu'à Séville, lieu d'habitation d'Enrique et la commissaire, Madame Laurana Sierra, ne ménageait pas non plus Simonetti, réclamant le dossier, allant jusqu'à insinuer que c'était un incapable. Il eut enfin une piste sérieuse : Quelques jours avant la corrida, Enrique avait eu une dispute avec José un ancien palefrenier, renvoyé pour cause d'ivresse répétée. Ce dernier, très sobre, repentant, implorait Enrique de lui laisser faire une dernière fois son travail auprès de lui, mais l'organisation ne pouvait pas changer au dernier moment et Enrique avait dû, à contre cœur, lui refuser cette grâce. Ils avaient bu ensemble le verre de l'amitié et José dépité avait rebroussé chemin. Mais certains l'avaient rencontré, tout d'abord attristé, puis en colère, puis ivre mort, proférant des menaces …

Simonetti tenait enfin son coupable.

Malheureusement, un alibi béton, mit rapidement hors de cause le palefrenier qui, se frappant la poitrine de ses poings, criait en pleurant :

« Si j'avais été près de lui, personne ne lui aurait fait du mal ! »

Le dossier lui fut retiré et confié à Mme Laurana Sierra, surnommée « la bull dogue » car elle ne lâchait jamais une affaire.

« Enrique n'avait pas d'ennemis ? soit, cherchons donc parmi ses amis ! »

-Chef, chef, vous avez lu les journaux ?

Simonetti poussa un soupir amer ;

-Bien sûr Sergio, que j'ai lu les journaux et plutôt deux fois qu'une !!

En première page :

« Enfin, le meurtre d'Enrique résolu… Cette mise à mort était en réalité un crime passionnel ! »

A Séville, la commissaire Laurana, avec l'intuition qui la caractérisait, avait fouillé le passé d'Enrique, pisté ses relations, reconstitué son histoire... jusqu'à la perquisition de l'appartement de Luis, l'ami d'enfance, qui, depuis l'accident, se dévouait corps et âme, auprès de sa femme et de sa fille.

La visite de la chambre de Luis détenait la vérité : Sur un mur, des dizaines de photos représentaient les trois amis : Enrique, Luis et Manuella, celle qui devait devenir l'épouse du célèbre toréador. Un regard averti découvrait de suite que les deux garçons étaient amoureux de Manuella. La dernière photo représentait le couple le jour de leur mariage et on avait rajouté une croix rouge à la place du cœur d'Enrique.

Sur le mur opposé, toute la carrière du toréador était retracée...

Luis passa rapidement aux aveux, amoureux éconduit, piètre toréador, Enrique lui avait pris la femme qu'il aimait et la gloire qu'il espérait ; La vie ne valait plus la peine d'être vécue.

L'instant

Une vie est faite d'instants, magiques ou tragiques, vécus consciemment ou non, qui permettent de garder le cap, regagner quelques rives et rentrer dans les rangs.

L'instant où l'infirmière me remet « le paquet », je comprends que ma vie va changer !

- Félicitations Monsieur, vous avez un magnifique garçon de 3,5 kgs !

Cela dit avec un large sourire comme si elle me remettait une décoration !

J'aperçois alors, entre des langes bleus, une petite bouille rouge et fripée, censée être mon fils ! MON

FILS. Cette phrase vient de propulser le mâle post adolescent que je suis dans la catégorie de parent.

L'instant est crucial : sensation inconnue, comme si soudain j'assistais à un changement de siècle, de planète… que sais-je ?

Pourtant, je n'ai pas changé : jean troué, sweat délavé, cheveux indiscipliné ; non ce n'est pas moi qui ai changé, c'est le monde autour de moi ! Avec appréhension, je regarde à nouveau ce paquet qui commence à gigoter. Il va falloir que nous fassions connaissance. Je te trouve très laid et toi comment me trouves-tu ?

A la place du sentiment de fierté sensé m'envahir, je ne ressens que de la peur, une peur effroyable qui me ferait presque trembler… D'ailleurs, je tremble, tremble de le faire tomber, peur de cette nouvelle vie qui va me happer.

Je ne suis pas prêt à surmonter toutes ces responsabilités ; je ne me sens pas encore responsable de moi… J'ai envie « d'avorter » de cet enfant qui va me voler ma vie d'insouciance entre rêves et flâneries.

Je ne suis pas prêt à sacrifier mes soirées entre copains et à devenir un simple citoyen lambda avec la vie ordinaire et rangée que j'ai tant vomie. Un autre avenir m'attend, brillant, exaltant, riche en événements inattendus me transformant en héros. Je suis fait pour des passions et non pour des soirées, dans un HLM, devant la télé entre femme et enfant !

J'ai pourtant eu 9 mois pour me faire à cette idée, mais tant qu'« il » n'était pas là, en chair et en os, il restait dans un monde virtuel, alors que maintenant... Et voilà que pour imager mes pensées, il se met à pleurer !

Que dois-je faire ?

La réponse me parvient, lumineuse, au travers d'un souvenir d'étudiant :

« Si tu peux être dur sans jamais être en rage

Si tu peux être brave et jamais imprudent

Si tu sais être bon, si tu sais être sage...

Tu seras un homme, mon fils. »

D'accord Kipling, j'ai compris, je dois devenir un homme !

1 an après :

- Papa !

Mon fils vient de dire son premier mot et c'est papa ! Il ne me regardait pas, certes, et ce n'était qu'une succession de papapapa... Qui ne s'adressait peut-être pas à moi, mais, je ne jurerai pas du contraire. Comme cette ressemblance que tout le monde a l'air de contester ; je vois bien moi, que si je compare sa photo avec une photo de moi bébé, c'est flagrant ; c'est tout mon portrait. Et ses fossettes lorsqu'il sourit, tout le monde se retourne sur nous lorsque je le promène. Comme on ne peut contester que cet enfant est en avance, surdoué ; il va surement être brillant dans ses études et devenir... ingénieur ou astronaute...

Je me saignerai s'il le faut mais je lui paierai de grandes études. Il pourra toujours compter sur moi ; son père ne le lâchera jamais.

3 ans après :

Vas y choute fiston, bien, regarde comme fait papa....

Je te raconterai l'histoire de Diego Maradona et son fameux but de « la main de Dieu » lors de la coupe du monde. Tu reverras en vidéo (je les ai toutes) l'évènement médiatique du 9 juillet 2006 quand l'équipe de Zinedine Zidane défila sur les champs

Elysées après leur victoire. Je te parlerai de Pelé, le brésilien aux 1000 buts.

Ces hommes, fiston, ont été les stars du ballon. Voilà pour la légende. Mais, nous suivrons ensembles la carrière de Ronaldo, l'homme aux 5 ballons d'or, tu apprendras les fameux dribles de Lionel Messi, l'attaquant de Barcelonne : Les sombreros et roulettes n'auront plus de secret pour toi !

Quels moments nous allons vivre, tous les deux en copains...

Vas y, mon grand, applique toi.

5 ans après :

Félicitations Monsieur, vous avez une belle petite fille de 3Kgs !

Ma deuxième décoration !

J'aperçois alors, entre des langes roses, une magnifique poupée dont j'ai la fierté d'être le géniteur !

L'homme et le père que je suis devenu reçoit avec le sourire, ce cadeau venu du ciel. Cinq ans déjà ; et que de changements depuis l'instant T ! La vie a su me mouler en un adulte raisonnable et responsable. Je souris en me remémorant mes craintes d'adolescent et revois avec fierté ma progression personnelle et professionnelle.

Aujourd'hui, je suis un « bourgeois » admiré et envié, je mène intelligemment ma barque, avenir tout tracé, sans vague, sûr.

Merci Kipling.

Rondo Veneziano

La vie quotidienne vous parait bien fade ? Mettre une touche de féérie peut la rendre plus existante ; et la magie opère lorsqu'on ne différencie plus le réel de la réalité.

Maria déambulait entre les stands. En ce dimanche frileux de Février, elle avait choisi de passer la journée au marché des antiquaires et furetait parmi les objets hétéroclites. Amoureuse de « vieilleries », elle espérait trouver l'objet rare qu'elle exposerait quelque temps dans son salon et finirait dans sa cave ; Il faut bien laisser la place aux futures découvertes !

Une pluie fine ne semblait pas décourager les badauds, il régnait une effervescence de fête à laquelle Maria se mêla joyeusement.

Un tableau attira son regard. Il représentait Venise. La toile craquelée en disait long sur sa datation. Si c'était l'œuvre d'un grand peintre, oubliée dans quelque remise ? Les couleurs semblaient se fondre dans la brume ce qui rajoutait du piquant à la toile. C'était un clair-obscur ; A certains endroits, le pinceau semblait avoir léché la toile et le canal scintillait en transparence d'ocre, d'argent et de cobalt… Le couteau, par ailleurs, avait déposé des aplats lumineux sur les feuillages qui paraissaient frissonner… Une gondole, nappée de brume, donnait une touche de mystère à l'ensemble.

***

Assise dans un fauteuil, une tasse de thé à la main, Maria se réchauffait devant le feu de bois qu'elle venait d'allumer ; Rien de tel qu'une petite flambée et une boisson chaude pour lutter contre ces frissons qu'elle avait ramenés du marché. Son escapade avait été fructueuse ; elle avait déniché quelques merveilles qui trônaient déjà dans la vitrine de sa bibliothèque mais sa meilleure acquisition était sans nul doute ce tableau qu'elle ne cessait d'admirer. Elle savourait cet instant stupendo.

Elle ressentait une étrange sensation en regardant ce paysage, comme du "déjà vu" alors qu'elle ne s'était jamais rendue à Venise. Aucun prince charmant rencontré dans sa vie amoureuse n'avait eu le romantisme de l'inviter pour ce voyage d'amants énamourés. Il est vrai que la lagune ayant une aura immense, elle avait dû voir de nombreux reportages, entendu plusieurs histoires, lu des livres qui racontaient ses mystères. Durant plusieurs siècles, Venise fut considérée comme étant le plus grand port du monde, et la ville la plus fabuleuse de la planète. A l'origine, cette zone marécageuse servit de refuge aux romains lors des invasions barbares, puis les riches marchands vénitiens ont contribué à sa prospérité.

La boisson chaude s'écoulant dans sa gorge commençait à la réchauffer et ses paupières s'affaissaient lentement, quand soudain les bruits d'une foule la firent sursauter : Des cris joyeux, des rires, des chants... D'où venait ce vacarme ? Une farandole bigarrée l'embarquait dans un tourbillon fou, des enfants couraient autour d'elle en se jetant des confettis, des cloches carillonnaient, tout cela résonnait dans sa tête.

Après lui avoir fait découvrir la ville, parmi les petits cours d'eau puis le grand Canal, une gondole accosta sur un quai... La passagère s'était émerveillée en découvrant les merveilleux palais transformés aujourd'hui en musées ; Elle avait versé une larme en passant sous le pont des soupirs, avait admiré le style gothique du palais des Doges, écouté, devant l'église de la Salute, l'histoire de la peste qui meurtrit Venise en 1575, faisant des milliers de victimes. Le masque noir, crochu et terrifiant du médecin de la mort avait emporté entre autres le fameux peintre Le Titien. Le pont Realto et la Fenice ne l'avait pas laissé de marbre, non plus !

La belle jeune fille tendit sa main gantée à un chevalier poudré. Ce beau Sire était culoté de satin bleu et arborait bas blancs et mocassins à boucles dorées. Perruque blanche et habit en brocard, dentelles aux poignets, il avait l'aisance d'un seigneur et baisa la main qui se présentait. Affrontant le carnaval de sa beauté virile, il entraina sa belle lentement vers la place au moment où la colombe ouvrit ses ailes et déversa depuis le clocher, La Campanille, une myriade de confettis. Les deux colonnes St Marco et St Théodore leurs ouvrirent les portes de la ville. De nombreux couples déambulaient dans le quartier central, San Marco, fréquenté dans d'autre temps par Marco Polo, Casanova ou Léonard de Vinci ; ils s'écartaient sur leur passage et les saluaient solennellement. Sous les applaudissements le couple princier rentra dans le café Florian cher à Georges Sand et Musset et prit place dans les larges fauteuils de velours.

Le chevalier servant susurrait des mots d'amour à l'oreille de sa promise qui, énamourée laissa tomber son masque. Stupeur… c'était Maria qui roucoulait ! Alanguie, elle posait sa tête sur l'épaule offerte et fermait les yeux savourant ce moment. Tout était normal, elle, Maria, était à Venise, c'était le carnaval, la féérie des costumes, la ville entière était en fête et pullulait d'amants audacieux… De nombreux masques inertes rivalisaient d'opulence, riches de plumes, de dentelles, de pierreries. Comment était-elle transportée dans cette scène ?

Un rêve ?

Une régression en une vie antérieure ?

Faisait-elle partie des Marias qui défilaient au début du carnaval ? Ces jeunes filles, enlevées par des pirates furent sauvées par leurs fiancés et Venise leurs rend hommage chaque année à l'ouverture des festivités.

Elle ne voulait pas savoir, elle était bien et savourait ce moment féérique, hors du temps.

La tasse tomba brusquement et le thé se rependit sur le tapis. Maria se leva pour réparer les dégâts sans remarquer les confettis multicolores qui s'échappèrent de sa robe pour voler jusqu'au sol, ni les picotements d'un pigeon qui tapait à sa fenêtre.

Suspense

Entretenir le suspense, capter le lecteur en accentuant progressivement les tensions, voilà le challenge que je me suis lancé dans cette nouvelle.

Cela devait bien arriver un jour… Malgré les surveillances rapprochées, trop d'éléments programmaient le dénouement.

- Tout d'abord, leur représentation : tous deux, jeunes, jouissant d'un physique de « star » et d'une solide santé ;

- Leur vie sociale : de par leur position, son époux briguant un haut poste politique, elle-même, dirigeant une école de mannequins, ils recevaient énormément, et pas que des amis !

Et surtout, leur situation financière ; leur fortune éclaboussait leur entourage et ne pouvait passer inaperçue.

Ils avaient tout ! Leur bonheur flagrant sautait aux yeux et devait susciter des jalousies.

« Pour vivre heureux, vivons cachés » soit, mais comment appliquer cet adage lorsqu'à trente-cinq ans, on est une femme d'affaires réputée dans une ville célèbre de la côte d'Azur et qu'on est mariée à un futur « maire » sympathique qui ne peut faire cent mètres dans sa ville sans être accosté par ses « fans » admiratifs et amicaux !

Il aurait fallu tout quitter, choisir une vie en ermite, dans un coin retiré… mais « vivre d'amour et d'eau fraiche » cela ne leur ressemblait pas.

Et, maintenant, les yeux rouges et gonflés d'avoir tant et tant pleuré, Chantal attendait, inerte, devant le téléphone muet.

- Pourtant, les ravisseurs allaient bien finir par se manifester !

- Pourtant, c'était bien pour réclamer une rançon qu'ils avaient enlevé Cédric, la prunelle de ses yeux !

Près du téléphone, il lui souriait dans le cadre posé sur la table basse. Un bambin de trois ans, tout bouclé, avec deux fossettes aux joues et des yeux malicieux, rieurs, coquins...

Une prière monta aux lèvres de Chantal tandis que des larmes inondaient à nouveau son visage

- Mon Dieu, faites qu'ils ne lui fassent aucun mal... Mon Dieu, rendez-le-moi...

Indifférent, le téléphone ne répondait pas.

- Cela faisait vingt-quatre heures que, faussant la vigilance de Sophie, sa nounou, Cédric avait disparu. Dans le jardin d'enfants où elle le promenait souvent, la jeune fille l'avait quitté des yeux une seconde et ne s'expliquait pas cette disparition.

Sur la première page du quotidien local, l'enlèvement du petit Cédric s'étalait en gros caractères au-dessous d'une photo attendrissante représentant l'enfant dans les bras de sa mère.

Rendez-moi mon fils, je vous en prie, criait Chantal dans le journal.

Policiers, journalistes, paparazzis faisaient le siège de leur villa...

48 heures après :

Pas d'appel téléphonique… pas de lettre anonyme… rien ! Chantal passait d'une période d'accablement à une crise hystérique durant laquelle elle hurlait, frappant la poitrine de son époux Thierry ;

- Mais, fais quelque chose ! Ne reste pas ainsi sans bouger… A quoi servent toutes tes relations ?

Livide, Thierry tentait en vain de la calmer, de la rassurer, mais, lui aussi, tremblait pour son garçon et ne comprenait pas ce silence.

En prévision, il avait déjà alerté son banquier, analysé toutes les possibilités de réunir une grosse somme d'argent, au cas où… Quand viendrait… Mais, sa capacité financière ne parvenait pas à le rassurer. Combien de kidnappings s'étaient mal terminés malgré le paiement de la rançon… l'affaire Lindbergh lui revenait sans cesse en mémoire ; et cette attente n'en finissait pas.

La dernière discussion échangée avec le commissaire n'était pas rassurante :

« Les premières 24 h sont capitales pour la survie de l'enfant ! Dans toute enquête le temps est l'ennemi car les indices ne peuvent plus être exploités, les interrogatoires restent imprécis »

72 heures après :

Chantal ne trouvant plus normalement le sommeil, un somnifère s'était avéré indispensable. Mais ce sommeil artificiel restait peuplé de cauchemars avec des visions terrifiantes de Cédric, ligoté, pleurant, réclamant sa mère.

Lorsqu'elle sortait de cette brume somnifère, Chantal se crucifiait à caresser les doudous de son fils ou à plier et déplier ses petits costumes. Elle sentait son odeur de bébé incrustée dans les petits vêtements et des gémissements s'échappaient de son corps meurtri.

Elle n'avait plus porté aucun aliment à sa bouche depuis cette disparition et Thierry, inquiet, la forçait à boire des jus de fruits afin qu'elle garde un peu de force ; il pressentait que le plus dur restait à venir... Peine perdue, elle vomissait aussitôt tout liquide.

L'alerte enlèvement déclenchée dès le début ne donnait rien ; des chiens dressés pour renifler l'odeur des disparus ne trouvaient pas de piste. Sans demande de rançon, tout pouvait être supposé : l'enfant mort, volontairement ou accidentellement, les ravisseurs ne se manifestaient pas, n'ayant plus de monnaie d'échange...

120 heures après :

Elle n'était plus que l'ombre d'elle-même, tournant en rond dans la villa, les yeux hagards, telle une somnambule. Elle chantonnait tout doucement en balançant la tête les berceuses qui endormaient Cédric chaque soir.

Le médecin, inquiet, prescrivait des tranquillisants qu'elle refusait catégoriquement. Lorsque Thierry devait quitter la villa, il confiait Chantal à sa belle-mère durant son absence, mais cela ne le rassurait qu'à moitié car cette dame âgée et meurtrie comme eux, n'était pas de taille à déjouer d'éventuelles tentatives de sa fille à mettre fin à ses jours. Tous les matins, il camouflait somnifères et cachets ; Il dut également retirer tout alcool car un soir, il retrouva Chantal ivre morte dans le jardin, devant la balançoire qu'elle poussait en riant :

« Plus haut, chéri, plus haut !

Tu n'as pas peur, maman est là. »

Le kidnapping ne faisait plus la Une des journaux, la vie « normale » avait repris son cours, seule la villa ressemblait à une bulle de désespoir dans un monde redevenu indifférent.

Le commissaire paraissait résigné par son échec et s'intéressait aux nouveaux problèmes de la ville.

Ce soir-là, en rentrant chez lui, Thierry eut un moment de découragement. Il du se servir un double scotch pour affronter le regard de sa femme. Depuis le début de ce drame, il subissait autrement la situation, forgeant une carapace autour de lui pour soutenir Chantal, mais là, il s'écroula dans ses bras en sanglotant ; c'était évident, Cédric était mort, il ne le reverrait plus... Il n'entendrait plus ses gazouillis... Il ne s'attendrirait plus devant les petites menottes qui s'agitaient et le bisou envoyé lorsqu'il partait travailler. Il ne le presserait plus contre son cœur à l'étouffer par amour...

Tout cela était fini ! Il avait perdu son fils. La douleur de cette affirmation se doublait de l'ignorance du vécu de son petit ; Avait-il souffert... Avait-il appelé mamama...

Soudain, une sonnerie retentit dans le silence lourd de la maison ; ils furent aussitôt tous deux, tremblants, devant l'appareil, ne sachant quoi faire.

Quatre puis cinq sonneries, puis soudain, Chantal saisit le combiné.

« Oui ? Sa voix ressemblait à une prière ;

Un son caverneux émit alors des ordres :

- Si vous désirez revoir votre fils, écoutez nos directives et faites exactement ce que je vais vous dire.

- Oui… oui.

- Il nous faut dix millions d'euros en petites coupures dans deux jours. Je vous rappellerai pour vous indiquer comment je récupérerai l'argent.

- Attendez ! Ne coupez pas ! Comment va notre fils ? »

Un clic coupa la communication.

- Enfin, soupira Thierry.

- Oui, mais il ne nous a pas donné des nouvelles de Cédric regretta Chantal.

- Tout va aller très vite maintenant Chérie, tout va bien se passer.

Ils s'embrassaient, se serraient dans les bras, pleurant et riant ; l'espoir revenant au moment où ils touchaient le fond.

Le montant était énorme, Thierry aurait du mal à récupérer une telle somme mais il ne voulait pas atténuer la joie de Chantal et ne fit aucun commentaire. Il allait mettre en vente la villa, la principale contrainte était le temps accordé ; deux jours c'était si peu… mais c'était aussi tellement long avant de revoir leur enfant.

Le commissaire sembla soucieux. Cet enlèvement n'obéissait pas aux normes habituelles ; pourquoi avoir attendu si longtemps avant de réclamer la rançon ?

La surveillance d'un bambin de 3 ans posait de sérieux problèmes et les ravisseurs ne s'étaient manifestés que 5 jours après l'enlèvement ; comment avaient-ils traité l'enfant durant tout ce temps ? L'écoute téléphonique n'apportait aucun indice exploitable. Thierry le supplia de ne pas intervenir ; la seule chose qu'il souhaitait, c'était retrouver son fils vivant ; l'argent, il s'en moquait, qu'on rattrape les ravisseurs, également ; il ne fallait surtout pas faire échouer l'échange.

Le surlendemain les deux époux attendaient l'appel promis…

Il ne se passa rien ; ni ce jour-là, ni durant la semaine suivant le premier coup de fil… L'espoir, un moment retrouvé se changea en panique puis, en résignation tragique : Ils ne reverraient plus leur enfant, ils en avaient la certitude, n'osaient plus se parler, se regarder, fixant le téléphone muet…

Leur fils allait faire partie des statistiques des enfants disparus dont on ne retrouverait jamais la trace. Un par an avait annoncé le commissaire presque content de ce pourcentage minime ; Un par an sur 47000 soit, c'était peu, mais lorsqu'il s'agissait du votre !

Chantal et Thierry vendirent tous leurs biens et prirent la décision de partir loin de ce lieu de drame. Ils allaient tenter d'oublier en parcourant le monde. Ils enverraient régulièrement leurs coordonnées au commissaire dans le cas où…

2 ans plus tard :

Le soleil se levait sur une plage du Portugal. Il était tôt, mais déjà ses rayons promettaient une journée caniculaire. Les commerçants, encore endormis, ouvraient leurs échoppes, des dizaines d'odeurs se mêlaient dans l'atmosphère, invitant habitants et touristes à s'asseoir sur la terrasse d'un bar pour déguster un café. Chantal et Thierry, main dans la main, marchaient lentement sur le sable, les yeux vers l'horizon… Bronzés, en short et tee-shirt, comme de simples vacanciers. Pourtant, si on s'attardait sur leurs visages, on ne pouvait distinguer la joie et la décontraction des touristes. Amaigris, barbe hirsute pour lui, cheveux broussailleux pour elle, ils ressemblaient plutôt à des SDF pathétiques.

Ils étaient arrivés la veille au soir et erraient sans but sur cette plage qui ne leur apporterait pas la paix ainsi que tous les paysages qu'ils avaient traversés.

Ils rentraient. Cette fuite en avant stérile s'achevait. Chantal avait insisté pour s'attarder dans ce petit village portugais, dernière halte avant le retour…

Avant de prendre la route, ils décidèrent d'aller acheter des fruits au marché coloré qui s'installait. Un instant, l'effervescence, le bruit, les odeurs, occupèrent leur esprit ; les paysannes en costume local s'interpellaient et plaisantaient bruyamment ; des enfants bronzés à peine vêtus, courraient en riant, chapardant un fruit çà et là… C'était le bonheur ; celui qu'ils avaient perdu.

Chantal s'arrêta devant un étalage offrant des pêches veloutées quand soudain son cœur bondit hors de sa poitrine :

-Sophie !! Qu'est-ce que vous faites là ?

Un gamin de 5 ans environ se collait à ses jupes. Des boucles blondes encadraient un minois dans lequel riaient deux fossettes...

- Cédric !!

Thierry rattrapa de justesse sa femme qui s'évanouit.

La solitude d'une vie

Qu'est-ce que la vie ? La période entre naissance et mort. Pour certains ; course pour le pouvoir et la richesse, pour d'autres ; une mission à accomplir, et encore… une vie survécu, sans but. Qu'importe : Une vie c'est un miracle, une expérience non résolue, une œuvre de Dieu.

Elle marchait à petits pas feutrés ; parfois elle trottinait, silhouette discrète, insignifiante même… Ce qui la différenciait des autres promeneurs, c'est sa quête du soleil. Elle trottinait là où le soleil brillait, fuyant adroitement les ombres ; Comme chaque jour où l'astre se montrait clément et la température douce, elle rejoignait à petits pas le parc se trouvant à deux cent mètres de chez elle. Deux cent mètres, c'était encore une distance qu'elle pouvait parcourir sans trop d'effort.

Elle s'asseyait alors sur son banc, toujours le même, orienté plein sud et pendant quelques minutes, savourait le fait de présenter son visage fripé au soleil. Elle paraissait alors récupérer l'effort fourni pour en arriver là.

Puis méthodiquement, elle sortait de son sac à mains un petit Tupperware rempli de miettes et commençait à nourrir les pigeons. En un rien de temps, ses petits protégés piaillaient autour d'elle, se permettant des familiarités, la toucher, monter sur ses genoux ce qui la faisait rire. Elle entamait même une conversation avec eux : doucement, ne vous battez pas, il y en aura pour tous...

Ensuite, elle entrait en scène avec les autres promeneurs. Le matin, c'était les sportifs, collants et shorts colorés, petites foulés qui passaient en l'ignorant. Vers midi commençait la valse des poussettes qui exposaient des poupons joufflus rieurs ou rouspéteurs. L'après-midi arrivaient les bambins avec râteaux et seaux prêts à épuiser maman, mamy ou nounou.

Elle n'oubliait pas les amoureux, qui n'avaient pas d'heure et pouvaient surgir à tout moment.

Commençait alors son scénario. Elle avait attribué un prénom à chacun, inventé un rôle sur mesure et brodait à chaque séance un nouvel épisode de leur vie.

Ted, un sportif, allait subir un tragique accident et ne pourrait plus venir courir… Marie et Paul, les amoureux préparaient leur mariage et planaient… Quant à Irma, la nounou qui n'était pas très professionnelle, on allait lui kidnapper le nourrisson qu'elle aurait dû surveiller plus sérieusement…

Quand elle était à cours d'intrigue, elle se penchait sur sa vie et revivait un épisode :

Elle avait été une belle jeune fille autrefois. Belle ? l'adjectif était peut-être excessif, disons : normale… quelconque, mais ce qui est sûr, très bien élevée, avec des principes, de la morale. Elle avait suivi l'école jusqu'au Certificat d'Etudes qu'elle avait brillamment réussi et ensuite son destin fut de devenir une bonne épouse, savoir tenir sa maison, satisfaire son mari, élever ses enfants. Elle commença à broder son trousseau. On, qui elle ne s'en souvenait pas, lui trouva un brave homme : Il ne buvait pas, ne courait pas, avait un travail et ne battrait pas sa femme. L'affaire fut conclue.

Elle traversa son existence sur la pointe des pieds, sans drame, mis à part la petite contrariété de ne pas avoir d'enfant ! La vie rêvée quoi ! Ou la vie sans rêve, sans ambition, sans réalisation. Une vie subie et non vécue.

Une fois pourtant il lui sembla pouvoir agir sur sa destinée. Son cœur s'est mis à battre un peu plus fort quand le couple dut héberger pendant une semaine un cousin éloigné de son mari. Morte de honte devant les réactions inhabituelles de son corps, elle se confia rapidement au curé de la paroisse qui l'aida à chasser « ce vilain virus » à coups de châtiments pieux.

A la mort de son mari, elle se sentit un peu plus démunie, un peu moins confiante. Avait-elle eu confiance en elle un jour ? Et sa vie grise était devenue transparente !

Le gris avait toujours été sa couleur. Oh, il y avait des nuances : du gris pale, au gris souris, anthracite... avec parfois une touche de vieux rose, pour les rares occasions. Surtout, passer dans la vie sans se faire remarquer, sans déranger ce qui était écrit.

A présent, elle rapetissait, se ratatinait comme si elle voulait se rendre invisible afin de ne manquer à personne le jour où elle mourrait. Mais au fait, qui allait la regretter ?

Ses économies étaient prêtes pour son enterrement, ses papiers en ordre, elle ne dérangerait personne. Elle préparait son départ en multipliant ses visites à l'église (on ne sait jamais). Elle avait été croyante, pratiquante juste ce qu'il faut, mais à 94 ans, il valait mieux être en bon terme avec l'au-delà. Sa tenue pour le grand voyage était prête : grise bien sûr, mais avec un petit col claudine blanc, dernière coquetterie.

Elle préparait également ses retrouvailles avec sa mère, sa sœur qui l'attendaient là-haut. Car c'est là-haut qu'elle irait c'est sûr ! Du plus loin qu'elle essayait de se souvenir, aucune mauvaise action, aucun larcin ne revenaient à sa mémoire. Ce n'était pas une sainte, certes, mais c'était une belle personne qui avait traversé la vie sans turbulence et qui allait partir tout doucement comme elle était venue…

Lorsque le soleil commençait à faiblir, elle quittait son banc en souriant et repartait en trottinant vers son chez elle.

- A demain, peut-être mes petits.

Elle n'avait gardé qu'un petit studio, facile à entretenir. Vingt mètres carrés qui résumaient toute une vie ! Sa vie.

Si le bon Dieu était aussi bon que l'assurait monsieur le curé, elle se coucherait un soir après avoir bu sa tisane « nuit calme » et rejoindrait pendant son sommeil, sans souffrir, sa famille qui l'attendait.

Le déménagement

Au hasard d'une photo, d'une lettre, d'un objet retrouvé, la vie se rembobine, un pan entier ressurgit et le film se déroule à nouveau...

Un déménagement permet, paraît-il, de faire du vide dans ses affaires ! En effet, au moment de remplir les cartons, des vêtements, des casseroles, des livres paraissent, tout à coup, inutiles, voire, encombrants.

J'en suis à mon troisième et dernier, je l'espère, déménagement et le découragement me prend « aux tripes » devant la densité de mes placards. Romantique, sentimentale, je ne sais pas jeter :

« Tiens, ce manteau, il me semblait pourtant avoir signé son arrêt de mort la dernière fois ! » Comme je me connais mal ; pleine de bonnes résolutions, je jette, je jette, et puis… prise de remords, je récupère et repends dans l'armoire !

Cette fois, pourtant, il faut que je sois courageuse car, d'une villa avec cave, grenier et jardin, je vais emménager dans un minuscule appartement sans dépendance. Et puis, à la retraite, je n'aurai vraiment plus l'occasion (ni la taille !) de remettre ce petit ensemble pied de poule qui m'allait si bien dans les années 60 !!

Allez, ouste, la guerre est finie !!

Six cartons plus loin, je m'attaque aux livres et paperasse… Dur dilemme car j'aime les livres, je les aime vraiment… l'odeur du papier… le dessin des lettres… la beauté de certaines couvertures… au point de les conserver tous (livres de poche comme versions précieuses) et comme je suis boulimique en littérature (j'en consomme en moyenne deux par semaine) le stock commence à être conséquent !

Sans organisation précise, les thrillers côtoient les classiques, les biographies et autres… Lesquels garder ? Lesquels jeter ? Comment se défaire du *Dernier loup* de Jiang Rong, des *Milles femmes blanches* de Jim Fergus ou encore *Des figures de l'ombre* de Margot Lee Shetterly ? Ces récits qui, sans parler du style, vous font vivre des émotions uniques.

Tiens, que fait ce « livre d'or » au milieu des romans ?

A ma grande surprise, je découvre avoir conservé les témoignages de mes anciennes clientes dans un petit livré encore parfumé !

Cela fait combien de temps ? 23, 25 ans… que j'ai vendu mon Institut de beauté « FRIMOUSSE » ?

Avec émotion, je feuillette les pages jaunies et des visages se bousculent devant mes yeux.

« Un moment inoubliable entre les mains d'Edith » signé, une cliente fidèle : Annie B.

« Plus qu'une esthéticienne, Edith est une amie qui trouve toujours les mots pour nous réconforter quand nous avons le moral dans les chaussettes ! Elle soigne le corps et l'âme. Merci » Nicole R.

« Après plusieurs tentatives esthétiques négatives, j'ai enfin rencontré la perle rare qui a résolu mes problèmes de peau ! » Sandrine T.

En relisant ces lignes, je ne peux retenir des larmes car c'est tout un pan de ma vie qui défile dans ma mémoire. Durant une vingtaine d'années, j'ai été l'esthéticienne mais également la confidente et l'amie de plusieurs centaines de femmes dont j'ai partagé, malgré moi, l'existence. Mon parcours a différé de leur chemin, et je les ai oubliées.

Pas vraiment :

Soudain, je revois Brigitte G. qui voulait toujours acheter les nouveautés ; combien de fois, je me suis «fâchée » contre elle, refusant une vente car le produit convoité ne correspondait pas à son type de peau !

Il y avait aussi trois amies qui travaillaient à l'usine et ne manquaient jamais aucune animation de maquillage… Elles prenaient rendez-vous ensemble et nous avons eu d'énormes fous rires devant leurs essais maladroits.

Et puis, il y avait aussi mon inconditionnelle du bronzage ! Elle prenait des forfaits UV toute l'année, pour avoir l'air de revenir des Antilles. Elle voulait attraper le minet, ma cougar (surnom, que je lui donnais avec beaucoup de tendresse) Ysabelle L… Elle était attendrissante mais pitoyable dans sa course contre le temps…

J'ai soigné des peaux acnéiques, des peaux sensibles, des cous fripés, des petits seins, des grosses fesses ! J'ai épilé des « moustaches », des aisselles, des bras, des jambes et « le reste » ! Mais j'ai surtout partagé la vie de ces femmes qui me racontaient leurs joies, leurs soucis et leurs peines. Car un Institut de beauté est le dernier confessionnal, et nos prestations devraient être prises en charge par la Sécurité Sociale !

Au détour d'une page, je reconnais cette écriture, étriquée, tordue, douloureuse…

« Edith, je ne vous oublierai jamais… »

Ces mots, sans signature, écrit « avec le sang ».

Martine… J'ai mis longtemps pour vous oublier… Le verbe est faux, je devrai dire : pour ne plus penser à vous. On ne peut tourner la page sans se retourner lorsqu'on voit une personne descendre en enfer. Car vous avez plongé dans des abîmes profonds et nous avons lutté toutes les deux car oui, j'ai été prés de vous, durant deux années environ, afin de vous aider à voir, à nouveau, le bleu du ciel.

Comment puis-je vous décrire Martine ?

Un petit bout de femme, ni laide, ni belle, ni maigre, ni grosse, ni… ni… insignifiante, c'est le mot qui me vient à l'esprit. Ce genre de femme qui passe inaperçue car elle ne s'impose pas, n'émet aucun avis, ne veut blesser personne en affichant ses goûts, introvertie, sans assurance, ne s'aimant pas, se dévalorisant sans cesse et en permanence inquiète de tout. Une angoissée chronique.

J'ai, à plusieurs occasions, lors de lancement de maquillage saison, « violé » sa timidité et écouté mon inspiration. Sous mes pinceaux, elle se métamorphosait, son regard s'illuminait ; elle se trouvait belle… mais, aussitôt, gênée, elle me demandait d'effacer cette étrangère qu'elle n'oserait jamais promener dans la rue sous le regard des passants !

Sa zone de confort étriquée la rassurait ; elle n'avait pas le courage d'en sortir. Pas très causante, je connaissais le minimum de son existence : un mari qu'elle aimait, une petite fille de 3 ans dont la photo pendait dans un médaillon autour de son cou et un travail de bureau qu'elle effectuait avec beaucoup de conscience professionnelle sans briguer quelconque avancement.

Je me retenais de « la secouer », de lui montrer le potentiel important qu'elle détenait si elle acceptait de prendre sa vie en main et de ne plus la subir. Inquiète en permanence, elle se souciait des siens, du temps, des voisins, de tout sauf d'elle.

J'aurai voulu l'aider à voir la beauté de la vie, à oser assumer l'autre femme qu'elle m'avait laissée entrevoir...

Je lui disais souvent : Martine, il y a deux sortes d'individus sur cette terre ; ceux qui dirigent leur vie et ceux qui la subissent.

-Oui... bien sûr... vous avez raison, mais...

-Il n'y a pas de mais, prenez-vous en main, ne vous souciez plus de Pierre, Paul ou Jacques, osez rêver, faire des projets, sortir du brouillard... Mettez du rose sur vos lèvres et dans votre vie !

-Si la vie regorge d'« emmerdes » que l'on sait relativiser, il y a heureusement très peu de choses très très graves, des choses sur lesquelles nous ne pouvons intervenir, des choses définitives...

-Supposez qu'on vous découvre un cancer généralisé... Supposez que votre petite fille ait un accident mortel...

-Vous avez raison Edith, mais c'est plus fort que moi, je n'arrive pas à adopter cette philosophie qui fait de vous une femme épanouie et heureuse...

-Epanouie ? Oui, je le suis. Heureuse ? Comme vous toutes, avec des soucis et des satisfactions, mais, chaque matin, à mon réveil je remercie le ciel d'être bleu, le soleil de briller, les oiseaux de chanter et cela… qu'il pleuve ou qu'il vente !

Martine ne vint pas à son rendez-vous et me laissa six mois sans nouvelle. Je m'en voulais, je l'avais sûrement blessée, effarouchée. Je me reprochais mon ingérence dans la vie de mes clientes. Edith, tu n'es qu'une simple esthéticienne, pas une donneuse de leçon, occupe-toi simplement de l'état de leur peau…

Et puis, un jour, le téléphone a sonné, une petite voix m'a appelé et mon cœur n'a fait qu'un bond !

-Martine, quelle joie de vous entendre enfin !

Un sanglot en réponse.

-Que se passe-t-il Martine ?

-Edith, j'ai besoin de vous, je ne m'en sors pas…

-Parlez Martine, vous m'inquiétez.

-Vous vous souvenez des conseils que vous me donniez ?

-Oui, bien sûr, mais je ne voulais pas vous faire de la peine…

-Non, non, ce n'est pas cela Edith, j'ai compris hélas, il y a six mois, que je me faisais vraiment du souci pour rien...

-C'est-à-dire ?

-Nous revenions tranquillement d'une promenade en famille quand un chauffard a percuté notre voiture et... (sanglots, Martine termine d'une voix étranglée par le chagrin) ma petite Zoé est morte sur le coup.

Un tsunami m'emporte, je dois m'asseoir pour ne pas tomber. Aurai-je attiré le mauvais sort en prononçant cette phrase assassine ? Nous pleurons toutes les deux au téléphone.

Sur ces souvenirs tragiques, je referme mon « livre d'or » que je vais conserver encore quelques années. Je ne peux, bien entendu, pas me défaire d'Annie, de Nicole, d'Isabelle, de Sandrine... et surtout pas de Martine.

Au bout du chemin

Ce matin, mon challenge ; écrire une histoire en une seule phrase.

Preuve en est qu'une vie peut se résumer en quelques mots.

Après une vie d'errance et de vagabondages, il revenait au village natal et, les larmes aux yeux, reconnaissait chaque pierre, chaque arbre, comme si le paysage s'était figé pendant son absence; l'église, avec son clocher du XIIe siècle n'avait pas pris une ride, le même drapeau, à peine défraichi, pavoisait avec le même orgueil sur la façade de la Mairie, et les mêmes fantômes semblaient dormir dans le château alourdi de mystères que personne n'avait jamais résolus ; et l'orme, sur la place offrait encore, son ombre généreuse aux joueurs de boules qui, eux, contrairement au tableau, avaient vieilli, comme lui, ou alors, étaient remplacés par des fils courageux n'ayant pas succombé aux sirènes de la ville ; il reconnut également le petit cimetière, et compris, devant ces tombes joliment fleuries, que c'est là qu'il poserait ses valises et, c'est là, aussi, qu'il terminerait son voyage.

La conscience professionnelle

Ou la preuve qu'une qualité poussée à l'extrême peut devenir un défaut !

Donc, améliorez-vous… mais, pas trop !!

L'écrivain regarda à nouveau sa feuille blanche et poussa un lourd soupir ; comme la veille, l'avant-veille et pratiquement tous les jours depuis plusieurs mois, rien ne venait sous sa plume. Le néant. Aucune bribe d'idée, aucun frétillement du stylo. Sa muse avait déserté sa maison.

Pourtant toutes les conditions étaient réunies ; un bureau lumineux et spacieux ouvrant sur une pelouse tondue de frais, une température de vingt degrés, des rafraîchissements, et le calme respecté par la famille admirative du Maître.

Il avait même essayé, comme certains écrivains célèbres le conseillaient, d'écouter de la musique, espérant que les notes égrènent des mots, puis des phrases…

Il devait se rendre à l'évidence ; il était fini !

Après avoir connu les sommets de la gloire avec ses romans d'amour qui se vendaient aux quatre coins de la planète, l'indifférence s'approchait à grands pas, la misère suivrait… Ses objets d'art, au clou, sa villa, vendue, ses amis, envolés, sa femme enfuie (peut-être avec son meilleur ami !)

L'écrivain se lamentait : Pourquoi ses lecteurs se détournaient-ils de ses histoires sentimentales, de ses idylles enflammées sur fond d'intrigues amoureuses ? Il maîtrisait bien le sujet car séducteur invétéré, il écrivait en puisant dans ses souvenirs de Don Juan.

Il avait vécu tout ce qu'il dépeignait dans ses textes : le premier frisson, le premier baiser, l'attente de l'être chéri, le coup de foudre et l'agonie de l'amour perdu. Se forçant à ressentir les émotions de ses héros, il avait mouillé sa chemise, en courant plusieurs matins, chronomètre en mains, afin de pouvoir décrire l'effort soutenu par John, athlète de haut niveau, dans son dernier roman.

Mais d'autres époques, d'autres mœurs ; le romantisme ne payait plus. Son éditeur était formel : Seuls les thrillers intéressaient le public ; suscitaient même la motivation des réalisateurs qui les transformaient en films à succès.

Il devait s'adapter ou mourir !

Ce matin, au courrier, une enveloppe blanche à l'entête de sa maison d'édition trônait parmi les factures. Il s'empressait, d'habitude, de décacheter ces envois qui contenaient bien souvent un gros chèque ; Aujourd'hui, pressentant le contenu, il la regardait en tremblant. Des reproches ? Une rupture de contrat ? Car il s'était engagé à fournir les premières pages de son thriller et son mensonge se retournait contre lui. L'éditeur menaçait maintenant au téléphone. Mais, Jonathan, ignorait les coups de fils et les mails de ce dernier, et, en effet, depuis quelques jours les messages menaçants sur son répondeur.

Cela ne pouvait continuer ainsi ; il fallait agir.

Il se mit à dévorer les thrillers du moment, avalant jusqu'à un livre par jour, cherchant parmi ces œuvres reconnues, l'idée, qui, sans être plagia, réamorcerait sa créativité.

A sa femme, à ses amis, inquiets de son teint cireux et de sa perte de poids, il affichait un air mystérieux : Je ne peux rien vous dire, mais je tiens le prochain best-seller ; en réalité, il se consumait.

Bientôt, il en était sûr, il pourrait décrire tous les affres du cancer car cette maladie surgie du stress, le guettait.

Il souffrait maintenant, d'hallucinations, voyant une foule d'huissiers emportant ses meubles, ses comptes bloqués, ses fournisseurs le poursuivant en hurlant. Comment remonter la pente ? Il aurait volontiers, comme Faust, donné son âme au Diable.

***

L'homme, appuyé contre le mur, fumait tranquillement une cigarette. Cette ruelle bordée de hauts murs délimitant les jardins de somptueuses villas n'attirait pas les passants.

Dans cette soirée automnale, la nuit tomberait rapidement. Patiemment, il attendait, l'air serein et décidé ; un copain, une amante, le hasard, son destin?

Soudain, il aperçut sa proie ; aucun doute. S'avançant à pas calculés, un inconnu promenait son chien, un petit Jack Russel blanc qui tirait sur sa laisse. Il devait bien avoir 75 ans ; des cheveux blancs encadraient avec désordre son visage. L'homme songea à un artiste ou un savant. Qu'importe, c'était un vieillard qui peinait à suivre le rythme de son animal. C'était bien ainsi ; il ne résisterait pas et puis, il avait fini sa vie !!

L'inconnu lui adressa un bon sourire franc et le salua d'un « bonne soirée, monsieur » pimenté d'un léger accent. L'homme s'abaissa pour caresser le chien et lever toute crainte à son maître, puis, soudain, envahi par une pulsion nouvelle, il sortit un couteau de son blouson et frappa, frappa, frappa…

Un sourire de contentement sur les lèvres, il appréciait tout en l'analysant l'adrénaline qui inondait son corps. Des images monstrueuses du «Silence des agneaux » de Jonathan Demme défilaient devant ses yeux hagards et il savourait seconde après seconde ce terrain d'expérience.

Il jouissait d'ôter une vie, scrutait les soubresauts du corps, suivait des yeux le sang qui s'échappait et l'éclaboussait…

Le Jack Russel gémissait et reniflait son maître tombé à terre. L'homme le repoussa d'un coup de pied et entreprit de fouiller sa victime ; Dans sa poche, un trousseau de clef et, c'était bien un étranger, un billet de cent francs belge.

L'homme ne connaîtrait pas l'identité de celui à qui il avait ôté la vie. Cela lui convenait. Travail accompli, il s'éloigna du lieu du crime, et rentra chez lui apaisé. Sans quitter son blouson, tenant toujours le couteau ensanglanté dans une main, il se servit un scotch, puis, pris place à son bureau.

Sortant d'un étui, un beau stylo plume Waterman, il prit une feuille blanche et commença à écrire… son best-seller.

La coach

Certains individus ont choisi des professions qui les propulsent au-dessus du commun des mortels ; les médecins, les avocats, les notaires...

Ces personnes possèdent un halo privilégié, mais, grattons un peu la surface, quand le vernis s'écaille on trouve des hommes ordinaires.

L'encens diffuse dans le salon une odeur suave ; une musique zen finit de construire une ambiance d'évasion, de plénitude, de bien-être...

La dernière « patiente » vient de quitter les lieux ; Claire sourit, la fiche cliente en mains, en se remémorant le parcours réalisé par Brigitte. C'est une jeune fille équilibrée, épanouie qui vient de refermer la porte sur de longs mois sabbatiques durant lesquels elle s'est reconstruite avec l'aide de sa coach.

En archivant la fiche, Claire se souvient de sa première visite : c'est un être blessé, souffreteux, replié sur lui-même qui avait levé les yeux sur elle comme un chiot battu réclamant pitié à son maître. Claire en avait eu le souffle coupé et une envie de prendre Brigitte dans ses bras et de la bercer. Elle paraissait sans défense, contre les gens, la vie, elle-même... Dans toute sa carrière de coach Claire avait pourtant rencontré de nombreux cas désespérés mais jamais une preuve physique aussi évidente. Corps « creux » yeux cernés, maigreur maladive, cette jeune femme souffrait sans hésitation de la blessure du rejet, ou comme l'a écrit Lise Bourbeau « blessure très profonde car celui qui en souffre se sent rejeté dans son être et surtout dans son droit d'exister »

L'analyse de sa roue de vie avait confirmé ce rapide diagnostic : les pourcentages avouaient cette détresse :

- Amour : 10 % son chat.

- Famille : 5% sans explication lors de cette séance.

- Santé : 15 % Brigitte souffrait d'anorexie et vomissait tous ses maigres repas.

- Loisirs : 40 % en solitaire ; lecture et peinture.

- Argent : 10% Brigitte touchait le minimum vital.

- Profession : 5 % ; elle ne gardait aucun emploi.

- Relations : 0 % ; elle ne fréquentait personne.

- Spiritualité : ne souhaite pas se prononcer.

Durant le premier entretien, il avait fallu « arracher » les mots à Brigitte. Elle s'exprimait difficilement, regard fuyant, attitude de victime, mais Claire, avec son habitude de gagnante, avait cherché et trouvé du positif.

Brigitte avait eu le courage de prendre rendez-vous, elle souhaitait de l'aide, le risque du suicide était donc momentanément repoussé...

Voyons un peu la roue : loisirs ; lecture et peinture, certes des loisirs solitaires mais laissant deviner d'énormes qualités ainsi qu'une « sensiblerie » dangereuse, Il ne fallait pas qu'elle la déçoive et devrait se protéger d'un éventuel transfert...

Puis Claire regarda ce visage torturé et devina sous une frange épaisse, des sourcils indisciplinés et de grosses lunettes, un physique loin d'être ingrat, un minois qui attendait une métamorphose...

Blessure de rejet, manque d'estime, n'a aucune confiance en soi, tempérament de perdant, attitude d'enfant… le complet ! Le travail serait long, les résultats difficiles à obtenir, mais Claire, ce jour-là, se lança un challenge : Elle allait faire renaître Brigitte !

Il ne fallait surtout pas l'effaroucher ; elle se replierait sur elle-même et fermerait toutes portes pouvant accéder à son véritable « Moi ». Claire préféra écourter ce premier rendez-vous mais fit promettre à Brigitte de revenir très vite. Les séances s'établiraient à raison de deux par semaine.

Brigitte accepta et Claire la regarda partir avec inquiétude. Avait-elle su trouver les mots pour la faire revenir…

Avec sa conscience professionnelle, tard dans la soirée, Claire disséqua le questionnement d'approche, étudia la stratégie qu'elle allait employer pour sauver Brigitte ; il fallait l'apprivoiser afin qu'elle se livre, se raconte, avoue ses ressentis. Elle avait un énorme besoin d'amour, de l'univers, des autres, de soi. D'après les notes recueillies, Claire tenta d'imaginer cette vie, sans tendresse, sans amour, sans relation, sans but. Comment passait-elle ses journées ? Comme un calvaire, un chemin de croix…. L'ombre du suicide se présenta à nouveau devant elle ; elle devait agir très vite, cette vie n'étant pas à l'abri d'un moment de détresse.

Elle devait urgemment la réconcilier avec son corps physique ; la première séance, consacrée à un massage corporel relaxant amorça un léger progrès. Claire massa avec amour « ce tas d'os » qu'était devenu son corps. Les gestes enveloppants réchauffaient ces chairs que personne ne caressait jamais.

Contrairement à son appréhension, Brigitte s'était déshabillé sans résistance, sans honte de son corps : elle ne l'habitait déjà plus... Claire prolongea cette séance par des techniques de Reïki durant lesquelles elle rééquilibra les chakras de Brigitte. Elle massa et massa jusqu'à sentir réagir les muscles sous ses doigts et lorsque le visage de Brigitte se détendit et offrit un semblant de sourire, Claire sut que la première partie était gagnée : Brigitte allait suivre ses séances.

La deuxième victoire fut remportée par la séance de « relooking ». Sous les doigts de Claire, ce visage émacié, ingrat, se dévoila plein de surprises agréables. Les yeux, cachés derrière de grosses lunettes étaient deux grands lacs bleus immenses qu'une simple touche de rimmel mit en valeur. Claire s'aperçut alors que Brigitte voyait normalement et qu'elle usait de ce stratagème pour se protéger, mettre une barrière entre elle et les autres. En trichant ainsi, la vision des autres était floue, elle ne les voyait pas bien et espérait ainsi que ce soit réciproque : les autres ne devaient pas la voir clairement...

Les sourcils broussailleux furent épilés et aussitôt le visage se dégagea.

Claire joua avec différentes bases pour structurer avec les techniques du contourning ce maigre visage. Elle réussit avec beaucoup de patience à remodeler des volumes inexistants et une nouvelle personne surgit de ses mains expertes. Une touche pour illuminer les joues, un brillant neutre sur les lèvres ; Brigitte était presque belle. Pourtant, Claire n'était pas totalement satisfaite... les cheveux secs, raides et mornes attristaient le tout. Il fallait oser davantage.

Se rappelant qu'elle possédait une perruque qu'elle portait quelque fois lorsqu'elle n'avait pas eu le temps de passer chez le coiffeur, Claire demanda à Brigitte de patienter encore un instant avant de prendre le miroir. Le résultat fut énorme, au-delà de ses espérances. Brigitte était devenue belle.

Claire donna en tremblant le miroir à Brigitte qui resta un long moment en silence puis éclata en sanglots.

Lorsqu'elle avait entamé sa reconversion professionnelle et choisi le métier de coach, Claire avait compris qu'elle ne ferait pas les choses à moitié ! Son investissement en temps et argent fut énorme. Avec beaucoup d'autodiscipline, elle suivit de nombreux cours, assista à moult séminaires, étudia des centaines d'ouvrages, elle avait relevé le défi !

Consciente de la mission qu'elle s'était confiée ; devenir un guide, aider des personnes en « mal de vie » elle s'imposa un règlement culturel draconien.

L'homme étant composé d'un corps mais également d'un esprit et d'une âme, elle devait être capable de le traiter de façon holistique. Aussi étudia-t-elle les médecines parallèles et les techniques du monde entier. Ses compétences étaient immenses : Pour traiter le corps, elle avait appris l'esthétique, les massages du monde, la naturopathie, la diététique… ; Pour l'esprit, les techniques de développement personnel (analyse transactionnelle, PNL, estime de soi, confiance et… l'amour !) la psychologie et la morphopsychologie pour lire sur les visages ; Pour l'âme, elle s'était initiée à l'énergétique, la médecine chinoise et l'ayurvéda… Elle ne comptait plus les soirées passées à étudier, ce qu'elle faisait encore aujourd'hui afin de dénicher de nouvelles découvertes apportant l'espoir qu'un jour l'homme ne serait plus un miracle… Ainsi, à présent, elle étudiait la physique quantique…

Brigitte était revenue et ne la quitta plus durant de longs mois s'accrochant à elle comme à une bouée de sauvetage. Le résultat était bluffant, inespéré. C'était à présent une jolie jeune fille souriante, positive qui suivait des cours de yoga, participait à un atelier d'écriture et organisait des expositions de peinture.

La mission était une fois de plus accomplie.

Il était tard, Claire tardait à refermer la porte de son cabinet. Songeuse, elle appela Mistigri, son assistant, qui vint se frotter contre ses jambes. La ronronothérapie était toujours efficace. Une vague de nostalgie, de tristesse, de désespoir l'envahit : Comme chaque soir, elle dinerait seule, son mari ayant déserté le foyer encombré par tous ces inconnus. Elle songea à sa vie qu'elle n'avait pas vécue. Elle n'était pas Claire mais Brigitte, Sophie,

Pierre… dont les vies s'étaient superposées à la sienne.

Dans un sanglot douloureux elle s'écria : Et si j'allais voir un coach ?

Et si...

Munie de pouvoirs divins, je m'approprie l'histoire, transcende le réel et crée une autre vérité.

Nous Sommes le 22 Février 1963... La limousine présidentielle se déplace lentement le long de Main Street. A son bord, le chauffeur digne est conscient de sa mission. Derrière, on aperçoit madame et monsieur Cornally, gouverneur du Texas ; parfaits dans leur rôle d'hôtes, puis, le couple Kennedy. Elle, ravissante dans son tailleur rose à col noir et l'éternel bibi qui la chapeaute à ravir, très digne dans le rôle de première dame des Etats-Unis, lui, royal en costume foncé, sourire ravageur aux lèvres, saluant de la main ; une représentation parfaite du « rêve américain ».

JFK a choisi de mettre Dallas dans le cadre d'une tournée électorale. Il a tenu à ce que Jacky l'accompagne car elle est plus populaire que lui dans cette ville qui lui est hostile. Ils représentent également le couple parfait, unis et complices aux yeux des simples citoyens ignorants des affaires de sexe du Président.

Ils ont quitté la Maison Blanche en hélicoptère la veille pour se rendre à San Antonio, puis, après avoir défilé dans la ville, ont passé la nuit à l'Hôtel Texas.

La décapotable roule à 17 Kms/heure afin que la foule enthousiaste puisse profiter pleinement de ce convoi. Et elle ne se gêne pas, manifeste bruyamment son plaisir, captivée par ces invités !

Malgré les deux tentatives d'assassinat dont a été victime JFK depuis son élection, celui-ci parait serein devant l'accueil chaleureux que lui réservent les texans, ce qui fait dire à madame Cornally :

« Vous ne pourrez plus dire, désormais, que le Texas ne vous aime pas monsieur le Président ! »

Elu à in extrémis le 20 Janvier 1961, le jeune président n'a pas que des amis : parmi ses ennemis on peut citer les groupes anticastristes de Cuba, les opposants du retrait américain du Vietnam, la CIA, la mafia, la droite réactionnelle et surtout les opposants à sa politique de désagrégation raciale.

Le succès de son voyage à Dallas réconforte donc JFK.

Des milliers de noirs n'ayant pu assister à ce défilé sont agglutinés devant leur poste de télé, admirant ce président ayant eu le courage de se dresser devant l'opinion publique pour parler des droits civiques des noirs et venir braver Dallas !

Il est également l'incarnation des espoirs de toute une génération voulant sortir de la guerre froide et du risque d'une guerre nucléaire.

12h30 : La Lincoln Continental, brillante sous le soleil, arrive au pied du Texas School Book Depository et doit opérer un nouveau ralentissement pour amorcer le virage...

Quelque part, à Brentwood, une jeune femme suit avec intérêt l'événement sur son poste télé. Avachie dans son lit, en déshabillé vaporeux, un verre de whisky à la main, elle balbutie :

« Mon John, pourquoi ne réponds-tu pas à mes appels ?

Elle sanglote, pathétique :

« Tu appartiens à l'Amérique soit, mais tu m'appartiens également ! »

Elle revoit son homme, avec ses problèmes de dos (il aime qu'elle le masse), chaleureux, séduisant, avec de petites pattes d'oie au coin de ses yeux noisettes.

Marilyn a, pour la énième fois, attenté à sa vie le 5 Août 1962. Cette dernière tentative a failli lui être fatale, la presse avait annoncé sa mort et puis, une fois de plus, la mort n'a pas voulu d'elle.

C'est un signe ! c'est qu'elle doit vivre encore pour… un destin exceptionnel… être la première dame des Etats-Unis !

Son idylle avec John, qu'elle a connu jeune sénateur du Massachussetts, a fait d'elle un électron libre capable de provoquer à chaque instant un scandale. N'a-t-elle pas eu le culot de téléphoner un jour à Jacky ?

Elle voit sur l'écran géant l'objet de ses espoirs sourire et elle capture ce sourire pour elle… Depuis le 19 Mai et son « Happy Birthday Monsieur le Président », il ne l'a plus contactée et ne répond plus au téléphone rose…

Elle pleure et tend son verre d'une main tremblante devant l'écran :

« A ton succès Monsieur le Président ! »

C'est une épave sensuelle, belle dans sa détresse.

Soudain : « On a tiré sur le Président ! »

Hurlements, panique, l'horreur est à son comble, la foule s'éparpille, le reporter s'époumone, les images se superposent… sur l'écran on voit du sang dans la limousine qui semble hésiter puis s'enfuir vers…

Les yeux hagards, Marilyn assiste en direct, hystérique, au drame qui se déroule sous ses yeux.

« John ! non… John, ne meurs pas, je t'en prie ! »

Les commentateurs annoncent des nouvelles qui se contredisent

- Le Président semble mort…

- Nous voyons du sang sur Jacky…

Puis : « Mesdames, messieurs, nous sommes dans l'obligation de rendre l'antenne. Nous vous ferons parvenir rapidement les informations sur ce terrible drame. »

A Parkland hopital, règne une grande effervescence ; diagnostics :

Le couple Cornally, traumatisé, choqué mais indemne.

JFK, blessé légèrement.

Jacky, qui a protégé de son corps son mari après le 1er coup de feu, entre la vie et la mort.

13h33 : Annonce officielle du décès de Jacky Kennedy.

14h : Arrestation de Lee Harvey Oswald.

A Brentwood, entièrement ivre, Marilyn entonne : Happy Birthday monsieur le Président !

Maintenant elle en est sûre, elle va devenir la première dame des Etats-Unis ; son John est libre… libre de l'aimer au grand jour… libre de la propulser vers la place qu'elle mérite.

Dans son église, le pasteur baptiste Martin Luther King prie et remercie le ciel. Il est bien entendu effondré par ce drame, peiné pour les deux enfants qui vont être privés de leur mère mais soulagé que le tueur n'ait pas atteint sa cible car ce Président, hors norme, est un allié dans sa lutte contre la ségrégation et il compte beaucoup sur son soutien pour voter les droits civiques des noirs.

***

1965 :

Dans le bureau ovale JFK fait le bilan depuis la mort de Jacky. Cette femme qu'il a, séducteur invétéré, bafouée de son vivant lui manque terriblement. Il revoit les funérailles émouvantes ; ce cercueil exposé dans les colonnes du Capitole où des milliers d'américains sont venus, les larmes aux yeux, dire un dernier adieu à la première Dame ; puis la bière recouverte du drapeau américain placée sur un affût de canon, tiré par six chevaux blancs et enfin le cercueil qui descend lentement dans la tombe dans un silence glacial. Ses deux enfants, très dignes, une rose à la main sont là. Depuis un vide, un grand vide qu'il s'est acharné à combler en travaillant, en luttant pour ses idées, se surprenant à lui demander conseil…

Avec « son aide » il a fait du bon boulot :

Tout d'abord, avec les accords qu'il a passés avec la Russie, la guerre Froide semble s'éloigner…

Ensuite, aidé de Martin Luther King, il a pu imposer les droits civiques et le droit de vote, clés de voûte de l'amélioration de la situation des noirs. Enfin blancs et noirs se côtoyaient dans les tramways, les cafés, les magasins ! Il y avait bien encore quelques incidents dans le Sud, mais la situation s'améliorait jour après jour.

Il avait décoré et porté en triomphe devant l'Amérique entière les trois scientifiques noires qui avaient participé à la Nasa, dans des conditions de travail effroyables et de ségrégation, à la mission de John Glenn.

Si l'astronaute, le 20 février 1962 avait pu effectuer un vol orbital à bord de la capsule Friendships, l'Amérique le devait en grande partie à Dorothy, Mary et Katherine, demeurées dans l'ombre lors des félicitations de succès.

Depuis cet exploit, le centre Spatial Kennedy en Floride était devenu un point de mire mondial.

Il a encore tant à faire... Johnson et Bob devront patienter un peu avant de lui succéder !

Parallèlement, il s'était acheté une conduite et n'écoutait plus le chant de sirènes...Harcelé par Marilyn, il ne répondit jamais à ses appels, ni à ses menaces, et ne se rendit pas à son enterrement après son dernier « suicide ».

Vacances, vous avez dit vacances ?

Les vacances sont bien différentes selon le lieu, le conteste, la période, mais restent des moments bénis de l'existence.

Fragment 1/

On s'est levé de bonne heure ; mais cela en vaut la peine car nous partons au cabanon. Papa a chargé, hier au soir, la remorque que va tirer la 2 chevaux (si elle démarre !)

Chaque été, nous passons nos deux mois de vacances dans un petit coin de Paradis ; ce lieu appartient à la famille depuis plusieurs générations et mes parents tremblent qu'un décret ne leurs confisque car il est en bordure de mer, dans une petite crique, avec plage privée et pins parasols regorgeant de cigales.

Papa s'inquiète :

- Maman, tu n'as rien oublié ?

- Je crois Fernand… Je crois…

- Tu as pris les boules au moins ?

- Il y en a 8 paires ;

- Et les cartes ?

- Belotte et rami, oui ;

- Et le pastis ?

- Et le pastis ! Soupire maman, levant les yeux au ciel.

J'ai été chargée de rassembler chapeaux de paille, maillots et serviettes de bain, filet à papillons, seau, pelle, râteau et le doudou de mon petit frère Raphaël ; sans oublier le cahier de devoirs de vacances sur lequel je vais « plancher » deux heures par jour.

Bien que nos valises ne contiennent que des vêtements légers, shorts, tee-shirts, petite veste, la remorque croule sous ce « déménagement » ! Il est vrai que maman, prudente, a insisté pour que nous emportions nos imperméables en prévision des premiers orages d'Août ainsi que nos bottes afin de ramasser les escargots qu'elle nous cuisinera à l'ail et au persil.

Humm…, mes narines frémissent déjà à l'évocation de tous ces plats d'été dont elle va nous régaler ! Le petit farci provençal, les beignets de fleurs de courgettes, la morue en raite, la soupe au pistou et surtout ses bonnes côtelettes d'agneau et les sardines que papa fait griller et que l'on mange avec les doigts ! Tout cela avec cette miche de bon pain croustillant vendu sur le marché qui reste frais durant deux ou trois jours. Si papa fait une bonne pêche (ou si le poissonnier est bien achalandé) nous aurons droit aussi à la bouillabaisse !

Les amis d'enfance de Papa et Maman viennent nous rejoindre avec Philippe leur garçon de mon âge. Si maman ne me confie pas trop Raphaël, nous pourrons nous échapper pour jouer au docteur comme l'an dernier. J'ai les tétés qui ont poussé, et lui, doit avoir des poils sur le zizi…

Chaque soir, le repas commence par un apéritif sympathique : olives noires, vertes, farcies, chips, petites saucisses, anchois et poivrons grillés agrémentés par les blagues stockées depuis la dernière rencontre. Patrick, l'ami de Papa, est un fan de photographie et il nous tire le portrait « en long, en large et en travers » durant toutes les vacances ; photos qu'il met en scène dans un album qu'il nous offre pour Noël, ce qui nous donne l'occasion de repartir au cabanon en le feuilletant !

Voilà donc les prévisions pour ces deux mois à venir : plage, vélos, jeux, rire, bouffe, sieste, exceptera…

Armée de mes lunettes de soleil, je suis prête, on peut y aller papa !

Fragment 2 /

Accoudée à la passerelle du navire, je regarde grimper les vacanciers sur le pont : Débraillés, bruyants, sacs de voyage sur le dos ; je ne peux m'empêcher de faire la comparaison avec ma première croisière.

Ce mode de loisirs s'est démocratisé et c'est sûrement un bien, mais comme le tableau a changé !

Je me souviens…

J'avais embarqué sur le France pour une croisière en Méditerranée. Les passagers se composaient alors principalement de couples « aisé » et érudits. Rares étaient les enfants qu'on ne remarquait pas car ils étaient bien élevés et ne perturbaient en rien le voyage.

Le capitaine, tout de blanc vêtu, nous avait conviés autour de la piscine illuminée à un apéritif dinatoire où se disputaient toasts au foie gras, canapés de saumon fumé, tartelettes aux asperges et coquilles saint jacques ; le tout arrosé d'un champagne rosé dont le souvenir et l'odeur des bulles me chatouillent encore les narines...

Ces dames, dont je faisais partie, exposaient leur robe de soirée décolletée et leurs bijoux scintillants. Elles avaient confié leur visage à la coiffeuse-maquilleuse du bateau et leur parfum rivalisait avec l'odeur des embruns.

Un orchestre de chambre jouait des mélodies en sourdine qui n'intimidaient nullement les flots mourant sur la coque. Une légère brise faisait frissonner les plus frileux (ou les plus amoureux).

Soudain, Un son de corne dans la nuit et le paquebot s'élançait vers le large...

Fragment 3 /

Comment qualifier les vacances au Club Med ? Je crois bien qu'aucun adjectif isolé ne puisse résumer les sensations que propose ce concept. J'en ai fait l'expérience l'année de mes 17 ans car ce fut la récompense que m'ont offerte mes parents pour avoir réussi mon Bac, mention très bien.

Destination : Agadir ; dépaysement assuré !

C'était la première fois que je m'échappais du giron paternel : 15 jours de liberté, de découvertes, d'expériences avec, parfois, la boule au ventre que procurent les responsabilités.

Liberté ? Comme une « grande » (ou une adulte) je choisis seule le déroulement de mes journées sans avoir à me justifier.

Découverte ? Je fis la connaissance d'un pays pittoresque, chaleureux qui m'offrit une diversité de tableaux incomparables !

Les souks bariolés, effrayants de complexité où les yeux ne savent pas où se poser devant cette profusion de couleurs et de formes. La promenade en chameau (oui, ils ont deux bosses !) rivalise en sensation avec les montagnes russes des fêtes foraines ; la fantasia, moment unique qui vous laisse tremblante mais émerveillée ; les méchouis sous les tentes berbères ; le parcours chaotique des dunes de sable en 4X4…

Expériences ? Mon premier vol qui soulève le cœur dans la poitrine au décollage !

Ma première leçon de golf, enroulée dans les bras du professeur, collé contre moi, ses mains tenant le grip sur les miennes, afin de me montrer le bon geste : rotation…balancement… pamoison !!

Ma première « cigarette », en boite, pour ne pas avoir l'air cruche (pouah, la 1ere et la dernière, c'est dégueu !!)

Ma première danse du ventre, envoutée par le charme oriental, ses sons, ses odeurs qui alourdissent le cerveau…

Mon premier flirt « poussé » en femme libérée, rien que pour le plaisir et la griserie d'un soir…

Cette jeune fille qui se jette dans les bras de ses parents à l'aéroport, est-ce bien la même qui s'est envolée quelques jours auparavant ?

A-t-elle, sans trop d'égratignures, réussi son voyage initiatique la propulsant hors du monde merveilleux de l'enfance ?

La dame blanche

Ou commence la légende ou finit la réalité ?

Les fées, les fantômes, les loup garous existent-ils ?

On ne peut ignorer les nombreux témoignages.

Vincent actionna l'ouverture des vitres de la voiture et une bouffée d'air pénétra dans le véhicule. En cette soirée d'Août, la chaleur qui avait plombé la campagne s'avérait encore plus lourde et pesait sur ses paupières fatiguées de scruter l'horizon. Conduire dans cet état d'épuisement ce n'était pas prudent, il le savait, mais, comme chaque fin de semaine, il tenait à rentrer chez lui le vendredi soir afin de profiter, une nuit de plus, de sa petite femme chérie.

Mariés depuis deux ans, ils avaient acheté une petite villa et Vincent cumulait les heures de travail pour financer le crédit ; commercial dans une boite de cosmétiques, il avait demandé à son boss d'élargir son secteur et « bouffait du kilomètre » du lundi matin au vendredi soir. Mais quel bonheur lorsque, arrivé chez lui, il retrouvait « sa fée du logis » !

Content du chiffre d'affaire réalisé dans la semaine qui lui vaudrait, outre les compliments du patron, une prime conséquente, il accompagna, en sifflant, un air joyeux qui passait à la radio.

La campagne embaumait la lavande, le thym, le romarin ; les cigales ne dormaient pas encore, et lui, rentrait à l'écurie comme un cheval fougueux après une course d'obstacles. Les genêts scintillaient sous le soleil couchant ; c'était une belle journée ; il sourit à la vie, imaginant Rose devant ses fourneaux. Tantôt, elle avait été intraitable au téléphone lorsqu'il avait tenté de lui soutirer le menu de ce soir! Excellente cuisinière, elle lui mitonnait toujours de bons petits plats, et les recettes provençales n'avaient pas de secret pour elle.

Quelle chance il avait eu de rencontrer « ce petit bout de femme » lors d'une sauterie chez des amis communs. Elle représentait la fraîcheur, l'authenticité, la candeur, bien loin des stéréotypes des jeunes filles d'aujourd'hui. Légèrement maquillée, élégamment vêtue, elle déparait parmi la jeunesse débrayée et bruyante qui gesticulait sur une musique électronique. Il avait été tout de suite séduit par son sourire franc et ses yeux limpides. Elle paraissait, tout comme lui, se demander ce qu'elle était venue faire dans cette soirée. Ils s'échappèrent en riant et leur rencontre se transforma rapidement en amourette puis en AMOUR.

Depuis, ils n'avaient cessé de nager dans le bonheur.

Individus responsables, d'un commun accord, ils avaient fait le projet d'attendre 3 ans avant de mettre en route « l'héritier » voulant être surs de leur union. Mais dans la villa la chambre du pitchoun était déjà prévue et Rose dévorait des bouquins sur la grossesse, l'allaitement, l'accouchement etc...

La nuit tomba subitement et le ciel s'anima de milliers d'étoiles. Encore une heure environ et sa petite femme se blottirait contre lui...

Les phares allumaient l'asphalte et les bandes jaunes défilaient régulièrement, ce qui créait une monotonie dangereuse. Vincent bailla et appuya un peu plus sur le champignon ; la circulation étant inexistante, il pouvait sans danger conduire à une vitesse supérieure et gagner ainsi quelques minutes précieuses... Il avait soif et imaginait déjà au fond de sa gorge le liquide glacé du Ricard que Rose ne manquait pas de lui préparer. En attendant, ni tenant plus, il saisit la bouteille d'Evian qui dormait sur le fauteuil passager et la porta à ses lèvres, quittant un instant la route du regard.

Les freins hurlèrent et la voiture dérapa sur quelques mètres avant de piler brutalement. L'eau aspergea sa chemise ; il était en sueur.

Il s'en était fallu de peu !

Devant son véhicule se tenait une femme échevelée, vêtue d'une robe blanche déchirée et de voiles vaporeux.

D'où sortait-elle ? Qui était-elle ? Que faisait-elle dans la nuit en pleine campagne ?
Il ferma un instant les yeux pour récupérer ses esprits ; quand il les rouvrit, elle avait disparu !
La fatigue devait lui jouer des tours ! Il redémarra, impressionné, s'obligeant à respecter une vitesse normale.

Au virage suivant l'apparition fut de retour…Une dame d'une grande beauté, dont les pieds ne touchaient pas terre semblait lui indiquer le chemin… Elle survolait l'asphalte quelques mètres, s'arrêtait, se retournait, et attendait sa venue. Il roulait au pas maintenant, ne comprenant pas le phénomène qu'il vivait mais obéissait, envouté…

Soudain, à son esprit revint la légende de la Dame Blanche qui avertissait les automobilistes avant un virage dangereux…

C'était donc une apparition amie qui intervenait pour lui rappeler de rouler moins vite ! Il sourit, imaginant les railleries de Rose lorsqu'il lui raconterait son aventure. C'était comme un jeu de piste entre elle et lui, la vision s'interposait lorsque la vitesse reprenait… Quelle histoire ! Voilà qu'il flirtait avec un fantôme ! Alors qu'il arrivait sur la dernière bifurcation et qu'une trentaine de kilomètres le séparait encore de chez lui, la dame blanche lui barra le passage. Que voulait-elle lui montrer ou lui dire ? Elle quitta la grand route et pénétra dans un petit chemin dissimulé par une végétation touffue. Les phares n'allumaient le trajet que sur trois ou quatre mètres ; le chemin, étroit, écorchait la carrosserie de ses buissons squelettiques. Après la féérie de la fée Mélusine rentrait-il dans un film d'horreur ?

Intrigué, il suivit son guide cent mètres environ puis comprit que le sentier devenait piste pédestre et qu'il ne pouvait aller plus avant. Il stoppa la voiture et entreprit une marche arrière ; alors, les poings de la dame qui paraissaient immatériels comme de la fumée s'abattirent avec force sur son pare-brise. Elle hurlait sans son et son visage ruisselait de larmes.

Vincent prit peur.

Que faisait-il en pleine nuit, dans cette forêt, à jouer avec un fantôme ? Il devait reprendre ses esprits et s'enfuir au plus vite loin de ce lieu cauchemardesque. Il peina pour rejoindre la route nationale, s'aspergea la figure d'eau, ferma toutes les fenêtres et rejoignit la route soulagé, persuadé d'avoir échappé à un danger.

Un quart d'heure après, sa villa apparaissait. Il décida de ne rien dire à Rose pour ne pas l'effrayer et gâcher ainsi leurs retrouvailles. On verrait plus tard… ou jamais.

Il se recomposa un visage serein, souriant et monta les trois marches menant à l'entrée. Tout était calme, et la maison tamisée reposait au milieu d'un jardin éclairé par des loupiotes dans des massifs fleuris qu'entretenait avec amour Rose.

Après ces frayeurs, à nouveau, le bonheur…

-Chérie, je suis là !

Il pénétra dans le séjour et s'attendrit devant la table ou attendait un souper aux chandelles ; consumées certes, mais la faute à qui ?

Dans un seau où les glaçons avaient fondu, attendait une bouteille de champagne et le slow de leur rencontre tournait, sûrement en boucle, depuis plus d'une heure (heure prévue de son arrivée)

-Chérie !

Rose allait apparaître, sûrement dans un déshabillé vaporeux, et peut être bien qu'ils avanceraient la fameuse date pour mettre en route « l'héritier ». De toutes façons, ils avaient compris que tous les deux, c'était pour la vie...

Il s'enfonça dans le canapé moelleux et attendit l'apparition... qui ne vint toujours pas après dix minutes.

Rose, lassée d'attendre avait dû s'allonger sur leur lit et s'endormir... Il souffla sur le reste des bougies et pénétra doucement dans leur chambre.

Le lit n'était pas défait.

Rose n'était pas là.

Le sol se déroba sous ses pas. Que d'émotions pour une seule soirée !

-Rose où es-tu ? Montre-toi chérie, ce n'est pas drôle !

Il courait dans toutes les pièces de la maison, tremblant, les larmes aux yeux, puis dans le jardin, hurlant comme un fou...

***

Voilà huit jours que Rose avait mystérieusement disparu, huit jours que Vincent était descendu aux enfers.

La déclaration au commissariat n'avait rien donné ; Sans corps, personne adulte et saine d'esprit, le commissaire semblait persuadé qu'il s'agissait d'une fugue que le mari « cocu » refusait d'admettre.

-Vous en avez vu beaucoup vous, des femmes qui préparent un souper aux chandelles à leur mari avant d'aller retrouver leur amant ?

Il s'était emporté et se sentait à présent seul au monde... espérant trouver en vain, autour de la maison, un signe quelconque, un indice pouvant orienter ses recherches. Rien. Rose s'était envolée ! Vincent se droguait de calmants, buvait beaucoup, ne mangeait plus. Il jouait à la roulette russe en conduisant comme un fou dans la campagne, confiant sa vie au hasard...

Un jour où il avait roulé plus que d'habitude, il reconnut le sentier et la dame blanche se rappela à son souvenir. Il arrêta la voiture et continua à pieds son incursion dans la forêt. Allait-il retrouver son amie ? Plus rien d'effrayant ; en plein jour, la campagne semblait accueillante, la végétation odorante, les cigales actives. Il marcha lentement un moment, respirant à plein poumon, exposant son visage aux rayons du soleil qui filtraient entre les feuillages.

Le chemin paraissait inviolé, aucune trace humaine ni passage de touristes. Il allait rebrousser chemin quand il fut attiré par ce qui ressemblait à une cabane de chasseurs. Des murs délabrés recouverts de chèvrefeuilles, une porte détériorée qu'il poussa du pied... Aussitôt, une odeur horrible l'assaillit et sa vue se troubla : le contraste du soleil dehors et de la pénombre de la bâtisse.

Sa vie était accrochée à cet instant, un pas de plus et il ne pourrait plus contrôler son destin.

Il hurla et son cri dut s'entendre sur plusieurs centaines de mètres. Un cri inhumain, de bête écorchée, qui remua la terre comme un tremblement.

Sur le sol, une femme écartelée, comme une grenouille que l'on dissèque, ventre ouvert, boyaux sortis, gisait parmi des détritus. Autour d'elle, des mouches dansaient, se reposant parfois sur un lambeau de robe à petites fleurs bleues, reconnaissable entre mille.

***

L'enquête dévoila l'affaire. Les policiers découvrirent d'autres corps, en décomposition, simplement recouverts de branchage… Un violeur, pervers, détraqué… Vincent ne voulut rien entendre.

Le médecin légiste qui fit l'autopsie de Rose déclara que la mort remontait à 78 heures.
S'il avait suivi la Dame Blanche ce soir-là, il aurait retrouvé Rose vivante…

Si les policiers l'avaient pris au sérieux, ils l'auraient sûrement sauvée…

Il passait des heures devant la photo de Rose, lui demandant pardon, embrassant le portrait, le baignant de larmes. Il se mit à boire, se scarifia, s'assomma de médicaments, sombra dans un état entre rêve et réalité, sommeil et veille.

Puis une nuit vint la Dame Blanche ; elle se blottit contre lui et il sentit comme une vapeur chaude l'envahir. Rose lui avait pardonné et venait le chercher.

Ce n'est qu'un au revoir

Existe-t-il toujours l'amour Romantique ?

Peut-être quand un rat des villes rencontre un rat des champs !

Molly conduisait déjà depuis quelques heures et la lassitude commençait à la gagner quand soudain le paysage se transforma en une immense mer mauve. Elle y était !! Le pays de la lavande s'offrait généreusement à elle par les sens visuel et olfactif. Un léger mistral faisait onduler des vagues parmes odorantes ; elle arrêta un instant sa Fiat et sortit de la voiture pour admirer ce tableau. Un concert de cigales l'accueillit aussitôt.

Cela faisait bien… 25 ans, qu'elle n'avait plus remis les pieds dans cette région. Un pan de son enfance surgissait subitement de sa mémoire. Durant 3 ou 4 ans, Germaine, la « tatie », vieille fille de la famille, gardait les « pitchouns » pendant les vacances, soulageant ainsi les parents qui travaillaient. Elle louait une grange aménagée et, regroupait, surveillait, bichonnait, neveux et cousins qui ne partaient pas en colonie de vacances.

Avec Germaine c'était plus cool ! Pas de règlement contraignant, pas de discipline draconienne, d'horaires à respecter…Un seul mot d'ordre : s'amuser !

Voilà qu'apparaissait maintenant au détour d'un virage, perché tel un nid d'aigles, le village médiéval de ses souvenirs.

Un nom, comme une invitation : VIENS

Viens te refaire une santé loin de la pollution des villes

Viens déjeuner avec nos tartines de miel

Viens gambader dans nos champs de lavande

Viens manger nos bons fromages de chèvres

Viens…Viens…Viens…murmurait le mistral ;

*Viens te confondre avec la nature et vivre
simplement (te laver à la fontaine ; te soulager au
cagadou-abri en planches recouvert de roseaux)*

*Viens te rafraichir sous la treille dont les feuillages
filtrent les rayons du soleil*

Viens faire une partie de pétanque sous l'ormeau

*Viens admirer l'un des plus beaux ciels de Provence
(des étoiles filantes comme s'il en pleuvait ...)*

Viens...Viens...Viens...chantaient les cigales ;

A l'embouteillage de ces souvenirs, Molly sourit «aux anges ».

Finalement ce déplacement professionnel ne s'avère pas aussi ennuyeux qu'elle l'envisageait. Le village se rapproche lentement ; voilà les remparts datant du XIe siècle, l'église St Hilaire (romane XIIe) et son clocher carré (monument historique classé), puis le four à pains... le moulin à huile creusé dans la roche... le lavoir au fronton romain... rien n'a changé.

Et bien sûr, il y a fête au village !!

Tous les étés, ces petits villages de 500 habitants environ regorgent d'imagination pour attirer les touristes et engranger, en deux mois, des revenus leur permettant de « survivre » une année entière.

Aujourd'hui, c'est la Médiévale qui se prépare et au vu de l'agitation, ce sera une réussite. Sur la place, décorée de fanions multicolores, des ouvriers dressent une estrade qui laisse envisager les réjouissances de la soirée. Molly est bonne pour «s'encanailler au Baletti » de ce soir ! Quand elle va raconter à ses collaboratrices qu'elle est allée «guincher » au son d'un accordéon… Elle se prépare à d'énormes plaisanteries !
- Tu as chaloupé avec un bouseux ?

- Il t'a roulée dans la paille ou dans la farine ?

- Alors raconte-nous, comment ça s'est passé. Pendant qu'on t'attendait…

De nombreux stands proposent des produits régionaux et, déjà, des couples costumés se promènent nonchalamment.

En attendant, elle va se garer et faire connaissance avec la patronne du gîte qui lui a loué une chambre.

***

- M'accorderez-vous ce slow mad'moiselle ?

Molly va se retourner et inventer une excuse ; elle ne peut décemment, même pour faire plaisir aux copines, se frotter à un paysan ignare, maladroit et qui sent la bouse :

- Je ne… mais, surprise, c'est un grand gaillard bronzé, blond aux yeux bleus (non, lavande) qui vient de lui adresser la parole avec un sourire ravageur.

Après tout, pourquoi ne pas rapporter « un petit souvenir croustillant » de ce déplacement ? C'est qu'il a du chien le bougre ! Et danse drôlement bien… Audacieux tout de même, il n'attend pas les dernières mesures pour me blottir contre lui… Et c'est agréable ma fois… Le corps de Molly se moule au sien.
Est-ce un touriste ? Il n'en a pas l'air…

Un gars du coin ? Il a trop de classe pour un «pacoulin»
Molly est perplexe. Mais la musique s'arrête déjà…

- Je te remercie Molly !

- Mais… (Molly sursaute soudain agressive) on n'a pas élevé les cochons ensemble que sais-je ?

- Oui, un peu…enfin, presque…

Il sourit franchement, dévoilant une rangée parfaite de dents « super brites ! »

- Tu ne me reconnais pas Molly ? Ma petite fiancée ! Tu étais la marraine et moi le parrain de Noireau, le petit veau né la nuit du terrible orage…

- Tu es… Denis ?

Molly force ses souvenirs, et peu à peu, des bribes lui reviennent… Mais comment reconnaître en ce gaillard séduisant, le petit chenapan dont les culottes courtes laissaient voir des genoux toujours «couronnés ! ». Casquette vissée sur la tête, ce gavroche des champs voulait toujours jouer au docteur et farfouiller dans les culottes des filles ! Armé d'un éternel lance pierre, il se voulait invincible mais, maladroit, inoffensif, ratait toujours ses proies.
- Mais comment m'as-tu reconnue ?

- Molly, on avait 7 ans ; tu as été mon premier chagrin d'amour ! Longtemps, je t'ai attendue le dernier été, tu n'es plus revenue, j'ai voulu mourir…

Rires, accolades, soudain les revoilà adolescents… se renvoyant pêle-mêle les souvenirs jusqu'alors enfouis.

- Que viens-tu faire par ici ?

- J'ai une agence de voyage et suis en prospection pour découvrir un circuit susceptible d'intéresser des clients chinois. Ils adorent la Provence et j'ai carte blanche pour leur concocter un voyage inoubliable. Et toi, qu'es-tu devenu ?

- Après avoir passé le diplôme d'ingénieur agronome, je suis revenu au pays.

- Tu vis ici, alors ?

- Ben, oui !

- Toute l'année ?

- C'est mon port d'attache oui, mais je voyage beaucoup pour mes affaires.

- Tu es un bouseux alors ?

- Et toi, une bêcheuse de la ville !

Ils éclatent de rire et recommencent à se chamailler: rat des villes et rat des champs.

- Mais, tu ne t'ennuies pas dans ton bled ?

- Et toi, tu ne t'asphyxies pas dans ta ville ?

Comme deux enfants indisciplinés, ils se coupent la parole, chacun voulant convaincre l'autre en riant :

- Tu te souviens quand…

- Et le jour où…

- Ce qu'on était tarte !

- Viens, il y a trop de bruit et trop de gens. Denis lui prend la taille ; Molly se laisse faire.

- Où m'emmènes-tu ?

- Comme jadis, sur les remparts, regarder les étoiles filantes…

Main dans la main, les voilà partis retrouver leur enfance.

A trois heures du matin, alors que la fête est finie depuis longtemps et les touristes couchés, les voilà blottis, assis sur le parapet, regardant le ciel.

- A demain Molly. Denis posa un baiser chaste sur les paupières de Molly. Je viens te chercher vers 10 heures et te servirai de guide.

***

Dans la cuisine claire de la bastide, Molly trempe la tartine de miel que lui a préparée Denis dans un bol de café bien chaud.

A travers les volets, elle peut voir l'effervescence qui règne ici.

- Alors, tu vis ici ?
- Oui.
- Tout seul ?
- Non, grand Dieu, j'ai tout un personnel qui gère avec moi la propriété, la distillerie et le magasin d'exposition. Et puis, j'ai Pitou !
Pitou remue la queue et vient réclamer sa dose de tendresse.

- Malheureusement, j'ai enterré ma grand-mère l'an dernier, mais lorsque je parlais de toi, elle était intarissable et se souvenait parfaitement de « la gamine aux couettes » !

Lui saisissant la main, Denis entraîna Molly vers l'extérieur.

- Tu vas visiter et je t'expliquerai ma vie, tu sais la région est très riche en opportunités et découvertes et correspond, je pense, à ce que commercialement tu recherches ; Les alentours sont pleins de surprises: les gorges d'Oppedette, les Ocres... Mais si tu veux bien vendre Viens, il faut que tu le redécouvres, que tu connaisses son histoire... et là, je suis ton homme; Viens n'a plus aucun secret pour moi. Je connais l'histoire de chaque maison dans chaque ruelle caldère.

Viens a été longtemps le fief de la famille d'Agoult dont La fille Marie a été célèbre par la liaison qu'elle a entretenue avec Litz. Une de ses filles, Cosima a été la femme de Wagner...

Lorsque j'ai décidé de quitter la ville et de venir reprendre la propriété de ma grand-mère, j'ai commencé par apprivoiser Viens afin d'être sûr de pouvoir cohabiter avec ce village. Et les découvertes que j'ai faites m'ont rendu amoureux de ces vieilles pierres.

Le visage souriant, il ne cessait de se retourner vers Molly essayant de lui transmettre sa passion.

- Ensuite, tu peux valoriser ton choix en soulignant que de nombreuses personnalités ont aimé ou aiment encore Viens. Ainsi, nous avons le château de la reine Jeanne ; Nicolas Hulot a été séduit et possède une propriété ; un des fils de la reine Margaret vient parfois rechercher le calme et l'incognito dans une merveilleuse demeure.

Désignant du doigt l'environnement, il poursuivit :

- Il y a des circuits pédestres magnifiques, des animations culturelles, des curiosités comme les bories, des concours de pétanque, des concerts donnés dans la chapelle St Ferréol, rénovée grâce à Christine Picasso...

Molly interrompit sa tirade en riant,

- Il va falloir que je revienne alors, pour organiser un circuit !
- Oui, il va falloir que tu reviennes et pas que pour le circuit...

La visite terminée, Molly regagne sa voiture et prend le chemin du retour. Rien n'a été dit, rien n'a été fait, tout a été ressenti....
Avant qu'elle ne quitte Denis, celui-ci lui tend un paquet :

- Tiens, prends cela.

- Qu'est-ce que c'est ?

- Les lettres d'amour d'un môme de 7 ans !

Le démarrage est brutal afin que les larmes coulent plus loin ; Comme il y a 25 ans, Denis, au bout du chemin, agitera la main jusqu'à ce que la voiture ne soit plus qu'un point dans l'horizon, mais il sait que, cette fois-ci, « ce n'est qu'un au revoir », la petite fiancée reviendra.

Ainsi soit-il

Quand on est né du mauvais côté, on ne peut que subir et…prier.

- Bonjour Mère, bonne journée, et toi, la Gertrude, tiens-toi tranquille sinon ce soir, tu goutteras à mon bâton !

L'homme saisit sa capote et son chapeau et sortit de la masure après avoir lancé un regard menaçant à sa femme.

- Allez, faignasse, bouge-toi un peu le fion, commence par descendre les tinettes, et fais attention de ne pas en mettre partout, cette nuit j'ai eu la chiasse !

Ensuite, tu laveras le sol à grande eau et cureras les écuelles.

Gertrude regardait sa belle-mère, des larmes plein les yeux. Elle ne s'apitoyait donc jamais ; pourtant, elle n'ignorait pas que « des petits pieds poussaient » dans le ventre de sa bru.

- Bien mère, mais j'aimerais bien un crouton…

- Tu rêves la greluche, mon pauvre fils s'escagasse à gagner notre pitance et tu voudrais du rabe ? Mais pour qui tu te prends ?

- C'est le loupiot, mère, il réclame !

Les yeux de la mégère lançaient des éclairs haineux :

- Parce qu'en plus, ça s'est démerdé à se faire engrosser ! Et ça n'a pas voulu faire ce qu'il fallait en temps voulu ; il va donc y avoir une bouche de plus à nourrir.

Gertrude porta ses mains sur son ventre et « caressa » son bébé, avec un mauvais pressentiment ; Depuis quelques jours, il ne bougeait plus et elle se demandait s'il vivait encore ; les privations, le travail rude imposé, avaient peut-être eu raison de ce petit être à venir ?

- Tu changeras et laveras ma couche pour que ce soir, je sois dans du propre.

Avec regret, Gertrude se souvenait de sa vie avant l'arrivée de la « Mère » chez eux. Martin n'était pas un époux tendre, mais travailleur et il ne la battait que lorsqu'il était ivre. Mais la matrone avait pris le pouvoir et régnait en despote sur le couple, incitant son fils à la cruauté envers sa femme.

- Mais ma parole, mon fils, t'as pas de couilles ! Cette roulure te mène par le bout du nez, te dépense tous tes sous ; laisse faire ta mère, je vais te changer tout ça en un tournemain, une femme ça se dresse sinon ça te mange la soupe sur la tête.

Malgré la bonne volonté de Gertrude qui désirait apprivoiser la « mère » elle s'était vite retrouvée dans le rôle de Cendrillon au foyer. Elle ne supportait plus ces tortures physiques et morales non méritées et des idées de meurtre germaient souvent dans ses pensées. Si sa belle-mère venait à mourir, son mari redeviendrait comme avant et sa vie, acceptable. Malheureusement, la drôlesse se portait comme un charme, bénéficiant d'un traitement de choix ; se faisait servir, se prélassait la journée entière, s'octroyant d'office les meilleurs morceaux de viande lorsqu'il y en avait ; réquisitionnant toutes les couvertures alors que Gertrude grelotait car l'hiver était particulièrement rude cette année.

- Tu iras couper du bois et rechargeras la cheminée ; tu ne vois pas que je me gèle ! Tu veux me faire crever de froid, c'est ça, vipère ! Mais je me plaindrais ce soir et tu goutteras au bâton de mon fils !

« Tu veux me faire crever dis ? Tu veux me faire crever ? » Ces mots résonnèrent comme un tocsin dans la tête de Gertrude. Oui, c'est cela, elle voulait la faire crever, l'idée prenait place, et enflait dans son esprit ; mais comment s'y prendre, la vipère la surveillait nuit et jour. Et puis, le mari ne devait se douter de rien. Le bon Dieu, elle en faisait son affaire. Il ne pouvait punir une âme si malheureuse…

L'idée faisait son chemin ; elle pensa à la mort aux rats qui se trouvait dans la cave. Il faudrait qu'elle parvienne à s'échapper un instant et qu'elle puisse en glisser une lampée dans l'assiette de soupe de sa belle-mère.

Le risque était énorme, mais elle devait y arriver, pour elle, et pour l'enfant s'il était encore en vie.

Elle s'activa tout le jour, portée par son projet, sourde aux injures qui pleuvaient sur elles ; ne vit pas tomber la nuit qui ramena son mari affamé et râleur.

Il avait neigé toute la journée et il présenta ses mains sales et gercées aux flammes qui brulaient dans la cheminée. Ignorant sa femme, il interpela sa mère en souriant.

- Alors Mère, ta journée s'est bien passée ?

- Oui mon fils, n'ai crainte, elle s'est bien passée parce que ta mère était là et qu'elle a remué ta pimbèche de femme qui comptait faire ses graisses !

- Femme, viens me retirer mes godillots et me laver les pieds !

Gertrude s'exécuta, se mettant en grimaçant à genoux et se massant les reins.

- La soupe est prête ?

- Oui, mon mari, et elle sent bon…

- Alors, ne traine pas et sers-nous la mère et moi ! Tu finiras s'il en reste.

Alors que le fils et la mère, complices marmonnaient entre leurs dents et s'affalaient sur les bancs, Gertrude s'approcha du chaudron brulant. Son estomac la malmenait, des crampes assaillaient son ventre par cascades, des nausées lui coupaient le souffle, mais elle priait pour avoir la force d'accomplir sa tâche.

Par respect, elle porta la première assiette à la mère qui devait comme à l'accoutumé la remballer :

- Sers ton homme d'abord !

Elle respira, cette assiette étant « neutre » !

La suivante, criminelle, fumait encore lorsqu'elle l'approcha de la table. Son odeur, sa couleur, similaires, ne devaient pas inquiéter la vieille. Restait le goût... Gertrude ignorait totalement si la mort aux rats empesterait la saveur de la soupe. Elle avait forcé sur les épices et espérait... mais ses mains tremblaient si fort que du liquide versa légèrement sur la mégère qui sursauta.

- Fais un peu attention, idiote !

Elle approcha l'écuelle de sa bouche et s'apprêtait à boire quand, soudain, elle la reposa, se redressa et regarda sa bru avec soupçon :

- Assieds-toi !

Les jambes de Gertrude flagellaient.

- Mais non, mère, mangez, ce sera mon tour après.

- Assieds-toi, je te dis. Elle l'attrapa par les cheveux et la força à prendre place sur le banc à côté de son mari.

- Assieds-toi, et mange ! Un ton mielleux, un sourire sarcastique aux lèvres…

Tu avais faim, le petit voulait manger… et bien je me sacrifie, je te laisse ma soupe ! Tu vois mon fils, à quel point je me soucie de ta femme ?

-Je ne peux pas, mère, j'ai les nausées… Gertrude pleurait maintenant à chaudes larmes, et secouait vivement la tête pour échapper à la soupe.

-Tu ne peux pas ? Tu ne peux pas ? Tu veux que je te dise pourquoi mon fils ta femme ne veut pas manger la soupe ? Et bien c'est parce qu'elle est empoisonnée ! Ta chère femme veut tuer ta mère !

- Non mère, non…

Le fils, livide se leva lentement et regardant sa femme dans les yeux annonça la sentence :

- Tu vas boire toute cette soupe ou je te roue de coups jusqu'à ce que tu trépasses.

Alors Gertrude confia son âme à Dieu, ainsi que celle de son enfant et porta l'écuelle à sa bouche sous le regard triomphant de sa belle-mère.

Que votre volonté soit faite… Ainsi soit-il !

Le petit homme vert

Qui peut affirmer encore qu'il n'existe pas ce petit homme venu de l'espace ?

Moi, je l'ai vu !

Me voilà en face de lui, ce petit homme venu d'ailleurs. Comment ne pas désirer communiquer ? Mais, allons-nous trouver des codes compatibles pour faire connaissance ?

Ma vision est, un instant, troublée par le halo lumineux qui l'entoure ; il doit mesurer 1m50 et m'apparait comme l'adolescent en train de se transformer en adulte de façon disharmonieuse : des jambes courtes sur un tronc étroit, des bras longs de chimpanzés et une petite tête dominée par un grand front.

Contrairement aux rumeurs et à nos attentes, il n'est pas vert et me fait penser à Pepper, le dernier né de nos robots domestiques.

Il s'approche de moi, sociable ; son déplacement s'accompagne de clics métalliques, et je m'aperçois qu'il est truffé de capteurs.

Inconsciemment je recule ; ne peut-il apporter sur terre certains virus dont le génome extra-chromosomique pourrait contaminer notre planète ?

Je m'aperçois qu'il a capté ma réticence car il recule à son tour, effrayé. Avons-nous raté notre rencontre ? Je comprends que d'un instant à l'autre, il va grimper dans son vaisseau et disparaître en contemplant le clair de terre…

Et moi, comment rendre pérenne cette entrevue quand je raconterai ma rencontre avec un extraterrestre ? Je serai pris pour un farfelu qui se promène toujours la tête dans les étoiles.

Il était une fois Noël !

Combien de contes de Noël a-t-on racontés aux enfants ? Trouver un autre centre d'intérêt que le fameux Père en capuche rouge : y joindre une leçon de vie. Un conte pour quelque valeur humaine afin d'apprendre que donner est plus enrichissant que recevoir.

-Maman, tu es sûre qu'il faut défaire la crèche ?

-Oui ma chérie, les fêtes sont finies et je dois remettre de l'ordre

-Je n'ai pas envie maman, ces petits santons faisaient un peu partie de la famille, ils vont me manquer.

-Je comprends mais ils ont bien fait leur travail, il faut qu'ils se reposent maintenant.

-De quel travail parles-tu maman, ce sont des petits personnages d'argile, immobiles...

-Ne crois pas cela Justine, laisse-moi te raconter une histoire et après tu les rangeras avec beaucoup de précautions. Ils dormiront dans du coton jusqu'à l'année prochaine.

Justine, petit ange blond de six ans, attend avec impatience l'histoire que maman va raconter. Maman raconte si bien les histoires, le soir avant de s'endormir, lorsqu'on a un gros chagrin ou quand on a simplement envie d'un câlin !

Il était une fois...

« En fermant la lourde porte de son église Père Benoit avait le sourire « jusqu'aux oreilles ». En cette nuit du 24 Décembre, ses ouailles avaient été nombreuses à assister à la messe de minuit. L'église, à l'ordinaire presque déserte, avait affiché complet, et les paroissiens s'étaient même montrés très généreux lors de la quête : la Sibille était pleine !

La crise ? l'insécurité ? prise de conscience ? qu'importe, c'était toujours ça de gagné sur « le Diable » !

Il eut les larmes aux yeux en se remémorant la ferveur qui s'éleva dans l'église quand survint le traditionnel chant de la nativité :

« Il est né le divin enfant

Chantez hauts bois, résonnez musette

Il est né le divin enfant

Chantons tous son avènement… »

Les orgues avaient accompagné religieusement le Gloria...les Aléouia… Minuit chrétien avait fait trembler les murs de sa paroisse. Vraiment il n'avait pas connu autant de succès depuis de nombreuses années !

Exténué par le prêche qu'il avait offert, profitant de cet instant de gloire pour « en remettre une couche !! » mais satisfait, il fit un détour par la crèche, souriant aux santons à qui il devait, il en était sûr, une grande part de ce miracle.

Chaque année, avec amour, il confectionnait pour le plus grand plaisir des petits, une crèche provençale qu'il avait animée d'un mécanisme faisant tourner les ailes du moulin, couler le petit ruisseau qui descendait de la montagne en carton, éclairer les fermes en liège et diffuser les chants de Noël. La première se composait simplement de la sainte famille, mais, au fil du temps, selon le budget de la paroisse et surtout selon ses propres économies, Père Benoit alimentait sa crèche de nouveaux personnages et aujourd'hui elle était grandiose. Ainsi, on pouvait admirer dans un décor provençal construit avec mousse, gravier, carton, branches de thym, etc... les principaux acteurs de la nativité sur lesquels régnait en vedette la famille Sainte.

Marie, pleine de grâce, rayonnait dans sa parure bleue azur ; Joseph, le patriarche, protégeait avec amour et foi son nouveau-né et lou caganis, lou pitchoun semblait si réel qu'on s'attendait à tout moment à l'entendre gazouiller ! Quant au bœuf et à l'âne, conscients de la mission qui leurs était confiée, ils soufflaient sans chômer sur l'Enfant Dieu pour le réchauffer !

Puis, on reconnaissait les incontournables :

Le ravi et son bonnet rouge, toujours content, toujours farceur... Le meunier de blanc vêtu, les deux vieux bras dessus, bras dessous ; la poissonnière Honorine qui était « plus large que haute ! »

Venaient ensuite les chasseurs souvent chargés du gibier tué ; le rémouleur et son attirail ; les bergers avec leur cape brune et leur feutre marron à large bord, suivis de leurs moutons et de leurs chiens fidèles... La femme au fagot, l'homme aux marrons, le curé et le maire… Monsieur Jourdan et la Margarido. Et enfin, les fermiers, les bourgeois qui paradaient dans leurs beaux costumes, veste velours, pantalon retenu par la taille rouge pour les hommes ; jupes fleuries, bas blancs et bonnet en dentelles pour les dames. Les tambourinaires et leur galoubet ; les arlésiennes endimanchées de soie.

Enfin, dans le lointain, on pouvait apercevoir les Rois Mages qui atteindraient leur but dans quelques jours et suivaient leur chemin que leurs indiquait l'étoile et l'ange Boufarei.

-Allez les petits, au dodo, le marchand de sable est passé !

Après un regard circulaire plein de tendresse et de reconnaissance, Père Benoit débrancha le mécanisme de la crèche et s'éloigna à pas lents.

Un silence religieux s'installa alors dans l'église.

-Fan de chichourle, vous n'avez pas les tripes qui vous remuent l'embouligue ?

-Hé bé lou ravi, t'es jobastre ou quoi pour faire tant de boucan !!

-Roustido, t'as pas entendu le Père Benoit parler de toutes ces misères…

-Et que veux-tu que nous y fassions Fada si le monde est emboucané ? demande à son tour Honorine, la poissonnière en écartant les bras en geste d'impuissance.

Les santons s'exclamèrent tous, provoquant une cacophonie sans pareil.

-Je veux... je veux... Je veux que nous apportions dans cette nuit de Noël, un peu de bonheur à tous les malheureux qui ont faim.

-Et que comptes-tu faire ?

-Oh teste d'ail que vous êtes tous, regardez vos paniers pleins de victuailles, et vous autres li pastre, ces belles peaux de mouton pourraient en réchauffer plus d'un, vous ne croyez pas ?

Toi, lou mounié, ton moulin regorge de belle farine blanche que le boulanger transforme en petits pains dorés.

Maître Jourdan, y aurait-il pas quelques pièces sonnantes au fond de votre gilet ; je suis sûr, qu'en cherchant bien, vous trouverez coucaren !

Sors un peu les oursins de ta poche, monsieur le Maire, tu ne t'en porteras que mieux !

-Sian poulet (nous sommes jolis) voilà le ravi qui débloque...

-Boudiou, il va devenir fada, pécaire...

Tous les santons s'affolent et interviennent tour à tour. Mais le boumian paraît perplexe.

-Teise ti Margarido, descends un peu de ton âne et écoute ce qu'il a à dire.

-Ce que j'ai à dire, c'est que nous ne devons plus nous satisfaire de remplir les yeux des enfants d'émerveillement, nous devons intervenir concrètement dans ce monde qui s'est perdu et aider charitablement les « oubliés » qui, cette nuit, dorment dans la rue.

Pistachié prend alors la parole :

-Mais, nous ne savons pas où trouver tous ces miséreux !

-Pas de problème s'écrie alors le boumian, je vous y mènerai ; vous semblez oublier que, nous autres, les bohémiens, nous sommes toujours des parias et connaissons les coins abrités ou passer les nuits.

-Nous, les tambourinaires, nous apporterons allégresse et joie avec nos belles arlésiennes, et ces pauvres gens oublieront, le temps d'une nuit, combien la vie est rude pour eux.

-Regardez s'écria l'ange Boufarei, l'étoile qui scintille, elle nous guide comme elle a guidé les bergers près de l'Enfant Dieu !

C'est ainsi que se produit, cette année-là, le miracle de Noël qui permit à des dizaines de petits personnages en argile de devenir vivants, le temps d'une nuit, et de débarquer en fanfare auprès des sans-logis qui n'en croyaient pas leurs yeux.

Au petit matin, Père Benoit s'inquiéta un peu du désordre qui régnait dans sa crèche ; certains santons semblaient avoir changé de place, d'autres, couchés, paraissaient exténués... Il mit cela sur le compte du vin chaud qu'il avait bu après la messe ; il avait peut-être abusé. Il devra aller à confesse.

Justine regardait ses santons avec des yeux émerveillés...

-Et, tu crois maman, que cette nuit, nos santons...

-Qui sait ? Mais, ce qui est sûr, c'est que cet exemple a touché le cœur de personnes charitables qui, tous les soirs d'hiver, font des maraudes et apportent soupes chaudes et couvertures aux SDF.

Justine coucha « le petit Jésus » dans du coton, après lui avoir fait un gros bisou.

Pauvre petite fille riche !

Petite fille modèle ou Sophie et ses malheurs, Lou a des deux versions. Avec sa belle robe en plumetis et ses grands yeux pleins de larmes : Elle échangerait volontiers sa vie de petite fille riche contre la vie de garnement de rue.

Lou ouvrit les yeux sur son horizon rose pastel et reconnut aussitôt Sophie, la girafe qui veillait sur son sommeil. Repoussant sa couette Reine des Neiges et ses draps fins brodés, écartant les voilages roses formant un chapiteau au-dessus de son lit, elle entreprit de dire « bonjour » à toutes les peluches ornant sa chambre. Un tapis fuchsia l'accueillit avec bienveillance et bisou à l'un, câlin à l'autre, petit mot gentil au suivant… cela lui prit cinq bonnes minutes.

Elle actionna ensuite tous les automates et aussitôt se rependit dans la pièce un capharnaüm qui provoqua son fou rire cristallin : Le manège aux chevaux répondait à l'ours à timbales, et le clown bigarré cabriolait avec un ricanement tonitruant. Lou battit des mains et aussitôt s'ouvrit la porte.

-Mam'selle est réveillée ?

Babou, la nurse afro-américaine, robe noire et tablier blanc, serra affectueusement l'enfant dans ses bras.

-Mam'selle a bien dormi ?

Pour toute réponse, Lou déposa deux baisers sonores sur les joues de Babou et se blottit confortablement contre la poitrine opulente de celle-ci.

- Allez, jeune fille, au déjeuner et à la toilette !

- Attends Babou, il faut dire bonjour à mes poupées d'abord.

- Soit Mam'selle, mais comme il est tard, on va se contenter de leur envoyer des baisers.

Et, ensemble, en riant, tournant sur elles même, Lou et Babou distribuèrent des baisers aux multiples poupées trônant sur les commodes, étagères et coussins.

En petit fille modèle, lavée et cheveux lissés contenu par un ruban rose, Lou attendait maintenant sagement son percepteur dans une robe à volants, socquettes blanches et souliers vernis noirs.

A sept ans, cette enfant se distinguait par un sérieux déroutant qui se manifestait par des questions quelque fois embarrassantes auxquelles Babou et Monsieur Jourdan, le précepteur, ne parvenaient pas à répondre. Quand sa curiosité n'avait pu être satisfaite, Lou boudait, attristée que « les grands » lui fassent des cachoteries. Elle se réfugiait souvent dans la bibliothèque de ses parents et Babou la retrouvait assise au sol, feuilletant des ouvrages littéraires, entourée de livres ouverts jonchant le parterre.

- Ma chérie, qu'est-ce que vous faites là ?

- Je cherche les réponses Babou.

Il était alors difficile de lui faire abandonner ce lieu pour aller jouer avec ses poupées.

- Babou, lis moi des histoires s'il-te-plait.

- Mais, ce sont des histoires pour grands !

- Je suis grande, nounou, regarde... Et Lou se dressait sur la pointe de ses pieds.

Fille unique de deux célébrités, Lou vivait dans une bulle imaginée par ses parents soucieux de sa sécurité. Lui, était chirurgien esthétique, elle, violoniste internationale, ils voyageaient souvent, confiant l'enfant à Babou qui avait toute leur confiance. Craignant kidnapping et rançon, ils protégeaient leur résidence avec des haies touffues de résineux et, caméras et alarmes multiples complétaient ce dispositif dissuasif. En outre, lorsqu'ils étaient absents, ce qui se renouvelait fréquemment, Lou était « assignée à résidence ! ».

Aussi, l'enfant n'avait pas d'amis et confiait ses ressentis à ses poupées et quelque fois à Babou.

Le ballon bondit au-dessus de la haie et retomba brutalement à ses pieds. Lou le regarda sans oser s'en saisir, mais aussitôt son petit cerveau s'enflamma :

Qui dit ballon, dit jeu... qui dit jeu, dit enfants !

Elle regardait l'objet du délit avec une envie mêlée de crainte.

- Babou, Babou, viens vite voir !

Babou s'interposa avec autorité entre le ballon et l'enfant, alors que le carillon de l'entrée venait de retentir :

- Ne touchez pas Mam'selle, vous allez vous salir. Attendez là, je reviens tout de suite.

Le portail s'ouvrit lentement et Lou put apercevoir un garçonnet en culottes courtes. Autour de lui, quelques filles et garçons riaient...

- Excusez-nous Madame, nous n'avons pas fait exprès.

- Ce n'est rien les enfants ;

Apercevant de loin Lou, le garçon proposa spontanément :

- Tu veux jouer avec nous ?

Babou avorta toute initiative :

- Oh non, jeune homme, cette jeune fille n'a pas le droit de sortir.

- Ah, bon !! fit, incrédule le garçon... et pourquoi ?

- Oui, pourquoi nounou ? Lou, levant son petit minois triste.

- Parce que c'est ainsi, rétorqua autoritaire, Babou. Au revoir les enfants.

- Au revoir madame, et la bande s'envola en chahutant.

Les larmes aux yeux Lou se révolta :

- Tu es méchante Nounou….

- Ne dite pas cela Mam'selle, vous savez bien que j'ai des ordres. Et puis, n'allez pas imaginer que vous pourriez fréquenter des enfants de rue ; ils ne sont pas de votre rang.

- Je t'aime plus sanglota la fillette en repoussant la nurse qui voulait la prendre dans ses bras.

Dans sa chambre, Lou réfléchissait….

Comment pouvait-elle rejoindre ces enfants qui paraissaient libres et heureux. Peut-être pourraient-ils l'aider si elle arrivait à communiquer avec eux. Après avoir parcouru des dizaines d'ouvrages illustrés dans la bibliothèque, analysé les draps attachés l'un avec l'autre pour s'échapper ou la bouteille jetée à la mer avec un message, elle établit son plan :

Déchirer une page de son livre d'exercices sans que monsieur Jourdan s'en aperçoive ;

Ecrire en gros caractères : AU SECOURS ;

Trouver dans le parc, une pierre, ficeler le papier autour et arriver à l'envoyer par-dessus la haie ;

Tout cela, sans que Nounou ne se doute de quelque chose.

Ce ne fut pas entreprise facile et l'enfant du s'y prendre à plusieurs fois, mais, sans relâche elle persévéra et le message fut bientôt expédié en dehors de la propriété.

Les promenades dans le parc se succédaient, angoisses et espoirs aussi ; Lou guettait un signe. Ses amis avaient-ils reçu son appel ? Allaient-ils intervenir ? Chaque jour sans réponse l'attristait davantage et découragée, elle ne mangeait plus, ne parlait plus à ses poupées, ne réclamait plus d'histoire à Babou.

Ce matin, le facteur apporta plusieurs lettres dont une carte postale de Vienne envoyée par Maman pour « sa petite fille chérie » et un carton bariolé sur lequel Lou put apercevoir en gros caractères : INVITATION

- C'est pour moi Nounou ?

- Oui…euh…non

- C'est quoi ?

- Une invitation à un anniversaire

- Lis moi, Nounou, STP

- Merci pour le ballon, serai heureux de partager avec toi et mes amis mon gâteau d'anniversaire, samedi après-midi ; signé Yan

- Que je suis contente Nounou !!

- Mais, Mam'selle, vous savez bien que vous ne pourrez pas y aller !

- Et pourquoi ?

- Je suis désolée Lou, sincèrement ; Babou écrasa une larme qui s'était échappée de ses yeux. Cette enfant, si belle, si privilégiée par la vie était, en réalité « une pauvre petite fille riche » vivant dans une prison dorée, entre ses poupées et ses automates ; son chagrin lui brisait le cœur.

- S'il te plait Nounou… De gros sanglots secouaient l'enfant.

- Je ne peux désobéir à vos parents

- On dira rien, Babou, ce sera notre secret.

La nurse analysait la situation, écartelée entre sa conscience professionnelle et le désir d'apporter un peu de bonheur à la fillette. L'enfant retrouverait surement appétit et sommeil après cet « entracte » inattendu. Quel danger pouvait surgir de quelques heures de jeux avec des enfants de son âge ?

Depuis sept années de loyaux services Babou respectait scrupuleusement les ordres de ses patrons. Mais elle avait découvert la détresse de la fillette et s'en inquiétait.

Elle céda ; et fut récompensée par des cris de joie :

- Que je t'aime Nounou !

Lou ne tenait plus en place. Ravissante dans une robe blanche en plumetis, elle demandait l'heure toutes les cinq minutes.

- C'est l'heure Nounou ?

- Pas encore, restez un peu tranquille Mam'selle, vous vous décoiffez en gigotant comme vous le faites.

- Tu crois qu'il va aimer ?

L'enfant avait choisi parmi ses trésors un jeu fantastique, avec créatures de science-fiction qu'elle n'avait pas encore eu le loisir d'ouvrir.

- Il faudrait qu'il soit difficile Mam'selle, s'il n'aimait pas. Ce jeu vaut une fortune et votre mère sera surement mécontente qu'il ait disparu !

- Tu viendras me chercher ce soir ?

- A dix-sept heures, comme prévu ;

-Ce serait mieux dix-huit heures Nounou, le temps que je m'amuse bien !

- Ne me faites pas regretter mon geste Lou, je viendrai à dix-sept heures.

- D'accord, d'accord, comme je t'aime Nounou ;

- Moi aussi, ma chérie.

Babou se présenta à dix-sept heures précises devant la demeure de Yan. En accompagnant Lou au début de l'après-midi, ses dernières craintes s'étaient dissipées ; les parents du garçonnet paraissaient de bonnes personnes, les enfants déjà présents n'avaient rien de petits garnements, l'ambiance décontractée et le décor animé faisaient briller les yeux de la fillette.

- Bonsoir Madame, je viens chercher Lou.

- Bien sûr. Yan, dis à ta petite protégée qu'on l'attend. Je vous remercie, Madame du présent que Lou a fait à mon fils ; Cela faisait longtemps qu'il espérait acquérir ce jeu ; vous l'avez comblé !

- Lou s'est amusée ?

- Enormément ; après les premiers moments d'acclimatation, elle a suivi le rythme endiablé des petits monstres, il faut dire que Yan l'avait prise sous son aile protectrice comme un grand frère, au grand ravissement de Lou.

- Je suis heureuse pour elle ; c'est une fillette solitaire qui n'a pas beaucoup l'occasion de rencontrer des enfants de son âge.

- Elle peut revenir autant de fois qu'elle le souhaitera, Yan parait envouté par sa fraicheur.

- Merci Madame, mais je ne crois pas que cela soit possible.

- Dommage... Yan, que se passe-t-il ? Où est Lou ?

Yan regardait avec embarras la pointe de ses chaussures

- Elle est partie maman.

- Comment ça partie, et avec qui ?

- Toute seule, elle nous a dit que sa nounou l'attendait au coin de la rue.

Babou chancela. Son imprudence lui sauta aux yeux. Comment avait-elle pu passer outre les recommandations de ses employeurs et provoquer cette situation ?

- Mon Dieu ! Elle vacilla et la mère de Yan la rattrapa de justesse.

- Ne vous inquiétez pas, elle ne doit pas être loin…

On ne retrouva pas Lou ce soir-là. Les parents, affolés, arrivèrent le dimanche matin et contactèrent immédiatement la police. Le cauchemar de l'enlèvement et de demande de rançon se précisaient.

Vers les dix-sept heures, Yan et sa mère se présentèrent à la propriété. Babou les accueillit, les yeux gonflés d'avoir tant pleuré.

- Soyez rassurée, Madame ; Yan, explique s'il te plait.

-Pardon Madame pour toute cette peur, mais nous avons voulu aider Lou qui est très malheureuse. Il tendait un morceau de papier chiffonné sur lequel on pouvait encore deviner l'appel au secours.

Elle ne voulait plus rentrer à sa maison, et nous avons décidé de la garder avec nous.

Babou pleurait à grosses larmes, mais cette fois c'était de joie et de soulagement.

- Mais où a-t-elle passé la nuit ?

- Goliath a veillé sur elle, répondit Yan.

- Goliath ?

La mère du garçon prit la main de Babou et l'entraina.

- Venez voir Madame Babou.

La nurse suivit Yan et sa mère jusqu'à leur maison. Au fond du jardin, une grande niche abritait Goliath, le Saint Bernard, qui faisait le guet devant sa cabane. Enfouie, sous des couvertures, suçant son pouce, Lou dormait, un sourire aux lèvres.

Sacrée Soirée !

Toute plaisanterie a sa morale qu'il faut découvrir.

Ses potes ne s'étaient pas foutus de lui. L'enterrement de sa vie de garçon se présentait plutôt grandiose !

Les invitations envoyées précisaient « Only Bad Boys » en lettres stylisées sur papier glacé. L'indication : tenue de soirée exigée annonçait la couleur de la réception et Mike esquissa un sourire, passant une main dans ses cheveux afin de ramener sa mèche rebelle en place.

Son pote Thierry lui avait dit : Tu t'occupes de rien, j'organise tout et, tu verras, tu ne seras pas déçu !

De cela, il était certain.

Mais, n'était-il pas le copain rêvé, toujours présent, généreux et boute en train ? Il percevait cette fête comme un retour d'ascenseur de la part de sa bande.

Il aperçut, dans le miroir de la salle de bain, son corps et s'amusa à faire bouger ses pectoraux. Plutôt satisfait de son apparence, sculptée à raison de trois séances de body building par semaine, il saisit, après hésitation, une chemise de soie blanche dans la penderie.

Le choix du pantalon lui donna un peu plus de mal. Sa collection impressionnante, composée de multiples formes, couleurs et coupes compliquait la décision. C'était la garde-robe du dragueur, du playboy fortuné qu'il était.

Et pourtant, à 32 ans, Mike allait sauter le pas et jurer fidélité à une seule femme : Virginie, sa fiancée.

La décision, réfléchie pendant de longues semaines, avait étonné les copains, incrédules, qui s'attendaient à un revirement de situation ; Mike ne pouvait pas raccrocher, il aimait trop les femmes ! Pauvre Virginie, elle ne se doutait pas dans quelle galère elle allait se retrouver !

Et pourtant, Mike avait tenu bon, la date du mariage était fixée, les préparatifs commençaient, il ne restait donc qu'à organiser la soirée de sortie du « Don Juan » !

Pantalon, veste, chaussures noires vernies, nœud pap en place, il se vaporisa allègrement de son eau de toilette préférée : l'homme de St Laurent dont les effluves musqués faisaient ressortir le mâle conquérant.

Il était prêt et n'attendit pas dix minutes avant d'entendre sonner son portable.

- Oui ?

- Monsieur est attendu devant sa porte.

Ça commençait bien ! On le traitait en seigneur qu'il était !

Une limousine noire stationnait ; le chauffeur ouvrit la portière arrière et il s'engouffra, comme un maître habitué à tant d'égards, sans manifester quelque étonnement.

Le chemin lui parut long tant il était impatient de vivre la suite du programme. Pourtant vingt minutes suffirent pour l'amener aux portes du palace illuminé sur la croisette. Devant le porche, le portier lui souhaita la bienvenue et il prit connaissance des lieux.

Son job, son train de vie, lui permettait, certes, de fréquenter des hôtels huppés, mais ce palace dépassait de loin tout ce qu'il avait connu. Un hall immense en marbre rose, des lampadaires géants, des fauteuils paradisiaques dans lesquels des hommes d'affaires de toutes origines discutaient contrats ou loisirs.

- Si Monsieur veut bien me suivre…

Monsieur acquiesça d'un hochement de tête et suivit le maître d'hôtel qui l'amena vers un salon privé.

Lorsqu'il pénétra dans la pièce intime, réservé pour sa réception, Mike fut accueilli par une vingtaine de mâles, en smoking noirs, nœud pap qui siégeait autour d'une longue table richement garnie.

L'émotion qui envahit sa gorge lui amena presque les larmes aux yeux :

- Vous êtes super les gars !

- Hourra !

Le champagne coula à flots, les assortiments de petits fours rivalisaient de saveurs et de présentations. Caviar, foie gras, saumons, coquilles

St Jacques, asperges, tout ce que la terre offrait aux gourmets avait l'air d'être réuni pour Mike. Il rayonnait parmi ses amis. Cette promotion, composée de jeunes hommes « arrivés » ou presque : futur avocat, médecin, notaire, lui-même promu chirurgien affichait une aisance orgueilleuse et une confiance en soi indécente.

Mike, à la destinée favorable et qui plus est, beau gosse, ce qui ne gâtait rien, savourait d'être né sous une bonne étoile.

Le repas, raffiné, s'étira jusqu'à minuit et, après des desserts pantagruéliques, Thierry, levant une dernière coupe de champagne, s'adressa à son copain :

- Mike, nous avons cherché longtemps ensemble, tes amis et moi-même pour t'offrir un cadeau dont tu te souviennes et, après concertation, nous avons décidé de t'offrir ce que tu aimes le plus...

Elevant la voix :

Faites entrer le cadeau s'il vous plait !

La porte s'ouvrit et... une créature de rêve pénétra dans le salon

- La femme ! termina Thierry.

La déesse qui avançait avec une démarche chaloupée paraissait appartenir à un autre monde. Moulée dans un fourreau d'argent épousant parfaitement sa silhouette sylphide, elle sourit en s'approchant, féline, de Mike médusé. Il n'avait jamais vu une femme aussi belle.

- Les gars, vous déconnez ! Je ne peux pas faire ça à Virginie !

- Rassure-toi Mike, rétorqua Thierry, Virginie est au courant du moindre détail de cette soirée et nous avons sa bénédiction.

- Quoi ?

- Oui, tu as la permission de vivre pleinement ta dernière soirée de célibataire, aussi, toi et Eve, vous allez descendre au sous-sol, au night-club où vous attend une table avec champagne, puis, si affinité, ce que nous ne doutons pas, tu profiteras de la suite que nous avons réservée.

Mike n'eut pas le temps d'hésiter plus longtemps ; déjà, il se laissait entrainer complètement scotché par l'« apparition » qui lui prenait la main.

Des couples amoureux flirtaient sur des slows langoureux. Les corps, soudés, transpiraient d'érotisme sous les pleurs d'un saxo enivrant. Mike s'abandonna ; il traiterait les conséquences le lendemain… Il ne pouvait plus résister aux lèvres charnues d'Eve, ni à sa poitrine parfaite qui se pressait contre son buste. Son rythme cardiaque s'intensifia, ses tempes, qui martelaient à la cadence de la musique, brouillaient son entendement. Il avait chaud, très chaud et le champagne coulait dans sa gorge sans le désaltérer. La créature paraissait garder toute sa lucidité alors que lui, devenait pantin entre ses bras.

Sans trop se souvenir des événements, il se retrouva dans une chambre somptueuse ou un gigantesque lit invitait à des prouesses charnelles. De grands chandeliers diffusaient une lumière feutrée. Sans plus de retenue, Mike entreprit d'effeuiller sa partenaire. Il ne se lassait pas d'embrasser ses lèvres gourmandes, son cou, fin, et la peau si douce entre ses seins. Il eut la lucidité d'apercevoir une infime cicatrice ; sans déception. Soit, cette poitrine parfaite était l'œuvre d'un chirurgien, mais qu'importait… le toucher, le satiné était plus réel que réel. De nos jours, cette pratique courante permettait aux femmes de recourir à ce petit stratagème.

Cette découverte ne tempéra pas son désir ; il brulait maintenant de posséder ce « joyau ». Son sexe, gonflé, le faisait souffrir. Ses mains remontèrent le long des cuisses sans une once de cellulite. Eve haletait, pâmée entre ses bras. Quelle sacrée soirée ; il n'était pas prêt de l'oublier...

Sa main s'aventura encore...

- Putain ! Mais, qu'est-ce que c'est ?

Devant ses yeux ébahis, une verge bandée s'offrait à lui !

- Les fumiers, comment ont-ils osé ?

Dégrisé, Mike hésitait entre colère et fou rire. Eve s'était écarté de lui et gênée, attendait la suite.

- Comment ont-ils pu me faire une chose pareille ? Ils vont me le payer ! Et Virginie, dans tout ça, elle s'était prêtée au jeu... Dans quel but ? Lui donner une leçon, un avertissement...

Analysant rapidement la situation, Mike choisit d'en rire ; il réglerait ses comptes demain, alors, prenant une grande respiration, et sans trop savoir ce qu'il allait en faire, il saisit d'une main sur le sexe qu'il commença à caresser.

« Pour ne pas mourir idiot !! »

SOMMAIRE

© 2018, Andrée Fusco

Impression : BoD – Books on Demand, Norderstedt,
Allemagne

ISBN : 9782322103720

Dépôt légal : Mars 2018